49歳、右折の週

迷える四つ角照らす
昭和のスティックライト

言田みさこ
Iida Misako

幻冬舎MC

29歳《さい》、右折《うせつ》の週《しゅう》

迷《まよ》える四《よ》つ角照《かどて》らす昭和《しょうわ》のスティックライト

目次

1章　人生の転機に人は母校を訪れる

高校を卒業してはや11年。あさみは和代に声をかけて一緒に母校を訪れた。

「だって理緒子《りおこ》が結婚するんじゃなくて、あたしが結婚するのよ。理緒子がいくらダメだと言ったたって、本人のあたしが良ければいいじゃない。そうでしょ？　なのになんで見に来るわけ？　結婚式に招待するんだから、そこでたっぷり観察できるじゃないの。違う？」

昼下がりの東横線の車内はすいていたものの、あさみが肩を和代に押し付け、鼻息も荒く話していたので、和代の丸く太った肩は反対側のパイプに食い込んで押しつぶされそうだった。そのため、うん、うん、と相槌を打つ和代の振動がもろにあさみに伝わり、さらに話に熱が入った。それでも、他の乗客には思い思いの関心事があり、猿団子《さるだんご》状態の二人の姿はさして目立ちもしなかった。

「理緒子にそう言ったんでしょ？」

和代が聞いた。

「もちろん」

「そしたら？」

「『婚約したら普通は自慢して見せびらかすもんなの。そうしないどころか、式の日まで隠してるってのは〝妥協して嫁ぐ〟って相場が決まってるわけ』なんて言うのよ。ひどいでしょ？　こっちの気も知らないで、明日見に来るって言うんだから。まったく、やーんなっちゃう」

「いっそ見に来させたら？　なんか言われても気にしなけりゃいいのよ。それとも、あんた、ちょっとは妥協があるの？」

「ないわよ！　山川《やまかわ》さんて、ほんとにいい人なの。今までに出会った男の人の中で一番優しい人よ。お酒もたばこも、もちろんギャンブルもやらないし、すごく真面目だけどカタブツじゃなくて、いつも楽しそうにしててね、電力会社に勤めてるの。いい人に出会ったって心から思ってるわ」

「いーじゃないの。真面目で優しい人っていうのが、一番あさみにお似合いだと思うわ」

「そうなの。あたしに合ってるの。ピッタリ。両親もすごく気に入ってくれてるし。なのに理緒子、『あたしが見て判断してあげる』って言うの。判断なんて、冗談じゃないわ。理緒子に引っ掻き回されたくない。式までこのまま静かに過ごしたいの、あたしは」

「わかるわかる。理緒子は強いからねえ」

「なにかしらケチをつけてくると思うの。それがイヤなの」

「理緒子もさ、きっとあんたのことが心配なのよ。明日来るっていうんでしょ？　しょうがないから、見るだけ見させてあげたら？　案外すんなり納得して、結構祝福してくれるかもよ。なにしろもう婚約してるんだから、いくら理緒子だって引っ掻き回しようがないと思うな」

「わかんないのよ。なんかヤーな予感がするの」

「ケチつけてきたらさ、あんまり気にし過ぎないで、何言われてもシラーッとしてたらいいわよ、シラーッ、と」

「そうするつもりだけど……」

「でも結婚て、面白いわよね。赤の他人が毎月自分の給料をあたしに運んでくるんだから」

和代はバツイチで、去年再婚している。子供はいない。「だって全くの赤の他人がよ、汗水たらして稼いだ給料、毎月そっくりあたしにくれちゃうんだから。これって、考えてみたら、ほんと面白いことよね」

Ｔ駅で降りて国道沿いの上り坂を数分歩く。大きな信号を渡り、ガード下をくぐると下り坂になって、まもなく校舎が見えてくる。たったこれだけの道のりだが、純粋そのものだった若き日の思い出が胸にあふれてきてあさみは酔いしれたようになった。

正門を入る和代の後ろに続きながら、あさみは校舎を見上げた。各教室を結ぶベランダのしゃれたオレンジ色の手すりが気に入って、この女子高を受験することに決めたものだ。合格発表の日のことが思い出される。自分の番号を見つけたときの心の舞い上がりよう。人生がまぶしいくらいに輝いて見えた帰り道。その春大ヒットしていた「ブルー・ライト・ヨコハマ」を口ずさみながら、あさみは希望と喜びに燃えて入学した。

理緒子のほうはがっかりしたむくれっ面でやってきた。第一、第二とも志望校に落ちて、ここが最後の滑り止めだったらしい。有名校でない、しかも男子のいない女子校ということで、彼女は登校を拒否し、入学式に来なかった。困った父親が文部省《もんぶ》に問い合わせてランクを調べてもらい、『一流の下《げ》』という回答を得て、やっと娘を登校させることができた。

三年間あさみは理緒子と同級だった。理緒子を中心にでき上がった『六人グループ』に入っていた。理緒子は皆を引っ張っていくリーダー的なところと、一匹狼的なところ、つまり、皆をまとめる力と、それを破壊する気まぐれを併せ持っていた。そのせいかどうか、よけい面白がられ、皆に注目されたのだが、とにかく気が強かった。後にも先にも見たことがない天下一品の気の強さだ、とあさみは思う。それを目の当たりにするたび、心の中でこうつぶやいたっけ。

〈世界は理緒子のものだ〉

理緒子は世界を屁《へ》とも思っていなかった。困難にぶつかってわめきはするが、泣きはしない。悲しみに出合って嘆きはするが、打ちのめされない。他人に同情する或る種の優しさはあっても、情に流されることはない。

理緒子は世の中を笑っていた。笑うことが好きだ。そしてあたりを射抜くように見ている。ときどき見せる洞察力ときたら、まったくナイフのようだとあさみは思う。どんなごまかしもきかないし、小細工はすぐに見破られる。ところが正反対のときもある。全力でだましにかかる苦しい立場の弁解者《もの》には、心底だまされてやり、優しい気持ちを惜しげもなく与えるのだ。理緒子は物事を独特な視点でとらえ、常識にとらわれず自分の頭で考えた。

知能指数は、たぶんとても高い。なぜ第一も第二も志望校に落ちたのか、あさみには大きな疑問だった。ちょろいもんだ、とか思って甘く見過ぎたのかもしれない。

入学後のある日、知能テストが行われた。結果はもちろん公表されなかったが、その直後、理緒子にほほえみかける先生方の奇妙な視線を、あさみは傍らで見ていた。それこそが知能テストの結果だったであろうことは、高校の三年間でいやというほど思い知らされたものだ。あさみが教科書を三度読んで頭に入れるところを、理緒子はたった一度であさみよりももっと深く理解し、記憶してしまう。がむしゃらに机にしがみついてあさみは98点を取るが、遊びほうけながら理緒子は95点を取る。

夏休み前の中間テストが始まる前日、追い込みをかけなければならない大切な一日、家にいては暑くて勉強に身が入らないので冷房の効いた涼しい駅前の図書館へ行こう、と意見が一致し、朝早くグループの４人が集まった。長蛇の列の後ろのほうに並び、図書館が開くのを30分以上も待った。列があまり長いので、入《はい》れるだろうか、と気をもんでいたら、果たして開館になるやアッという間に満員になり、自分達の直前でドアが閉まった。今日がどれほど貴重な一日であるか、わかり過ぎるほどわかっていたあさみは、ただちに皆と別れてうちへ飛んで帰った。これ以上一分たりと無駄にする気はなかったからだ。

「あのあとみんなで映画見て、ヤキソバ食べて、かき氷食べてさ、うちに帰ってきたのが夕方よ」

翌朝学校に着くと、理緒子がさも愉快げに自分達の無茶ぶりをあさみに語った。「そのあとおなかこわしちゃって、おかげで夜中にうんうんうなってさ、ひどい目に遭ったわ」

「お母さんに叱られなかった？」

あさみは呆れて尋ねた。うちには内緒よ、という、よく聞く返事が返ってくるものと思いながら、テスト前の緊張した面持ちでカバンを開けた。ところが理緒子は不思議そうな顔をして、「ママ？」と聞き返した。

「ぜーんぜん。よくお金が足りたわね、って言ったわ」

理緒子の家族、守谷家《もりやけ》は見事に〝自由〟なのだ。理緒子は家に恐れるものがない。きわどい会話で父親とふざけ合う。そこに母親まで加わる。理緒子から家族の話を聞くたび、あさみは仰天して引っくり返りそうになる。

中間テストの結果はといえば、第一日目の二科目を、あんなに遊びほうけた理緒子に負かされた。もう驚かない。

「あんたは、自分のこと、自分で〝優秀〟だと思ってる？」

テストがすべて終わった学校からの帰り道、理緒子があさみに尋ねた。あさみは答える前に考えた。理緒子にはどんな謙遜も通用しない。生半可な社会通念や常識を、さも自分で考えたように言ったりすれば容赦なく攻撃される。既成の概念に束縛されずに〝自分の頭で考える〟ことを要求してくる。理緒子は真実にしか興味がないという点で、確かに正直だ。そんな理緒子に一目《いちもく》置かれるチャンスだと思い、あさみは真剣に考えてみた。自分はほかの点で周りより〝とろい〟ところがあるけれども、テストの成績ならいつも先生にほめられる点を取っている。事実、クラスで一、二位を理緒子らわずかな人数で争っている。ならば自分は〝優秀〟の部類に入るのだろう。

「多少はそうだと思っているけれど……」

これは理緒子を満足させる正直な返事だと思った。話せる友達だ、と理緒子に認めてもらいたかった。ところが理緒子は「あらそう」と言い、予想外だという顔をした。

「あたしは自分のことを優秀だなんて考えられないのよ。『できるわねえ』『すごいわねえ』『あったまイーイ』とか言われても、自分じゃちっともたいしたことしてると思ってない。感心するみんなのほうが、よっぽどバカなんじゃないかって思う」

これを聞いて、あさみはどんなに恥ずかしかったことだろう。本当は自分が優秀だなどと思ったことはないのだ。いい点数が取れるのは、人一倍努力するから。そして他の者達は、理緒子の言うようにバカなのではなくて、努力する気を起こさないだけなのだと思う。あさみにとって、理想を追うという点で勉学には重い価値があったけれども、他の者達は髪形のほうにずっと重い価値を置く。おそらくその違いだけなのだ。

理緒子にとって、重い価値はどこにあったのか。勉学はたまに時間を作ってパラパラとめくればいい、彼女には顔を洗うのと同じ軽さの日課の一つ程度だったのかもしれない。彼女が重きを置いたのはユーモア、それから真実——誰も考えてみようとしない方向から見る真実だ。

理緒子は家庭でも、そして学校でも、恐れるということを知らなかった。彼女はときどき職員室に入り込み、机がひしめく狭い通路を文字どおり四つん這いになって這って歩いた。めぼしい話を盗み聞きしようというのだが、先生方は「そら、来ましたよ」と教え合って、スカートを引きずった理緒子の猫みたいな格好に笑い興じた。叱らない理由はただ一つ、それが理緒子だったからだ。他の生徒が言ったりやったりしたのでは通じない大胆なジョークも、理緒子の場合には理解され、歓迎だってされる。なんて得な性格だろう、とあさみはいつもうらやましかった。

理緒子がしっかり地に足をつけて世界を笑っていたのに対し、あさみはさまざまな出来事に翻弄され、悩むか、またはふわふわと夢を見て、心が宙を舞っていた。おとぎ話や詩をつくり、愛を夢想し、雰囲気や情感に酔いしれて多感な日々を過ごしたのだ。特に高校時代は全身、全神経、全感覚でもってあたりの空気、自然、人々の鼓動を感じ、朝起きてから夜寝るまで感動していた。心臓はわけもなくドキドキし、頭の中はぼうっとかすみ、体を巡る血はまるでポップコーンが中で跳ねてでもいるかのようだった。そんな状態の気持ちを現実の教科書に向けるには、したがって並大抵でない意思が必要なのだった。

そんなあさみとは反対に、理緒子は極端に何かに熱中したかと思うと、すぐに冷めてそれを放り出した。人よりずっと早く飽きてしまう。同じことを繰り返すことはあっても、継続してやることは彼女にとって耐え難い苦痛のようだった。根気がないというより、突然本質がわかってしまって、物事から価値が消えてなくなる、という感じだった。

あるとき理緒子とほかの何人かがふざけて、あさみを教室の前後のドアから締め出したことがあった。あさみは入ろうとしてドアを引っ張ったが、びくともしない。曇りガラスの影から事情を察し、すぐさま隣のクラスの教室に入って、そこから教室同士をつなぐ長いベランダへ一旦抜け、外から教室に入って来るや、すばやく自分の席に着いた。そして、いたずら者達がまだドアを押さえているのを、いつこちらに気がつくだろうかと、ニヤニヤ座って見ていた。理緒子も皆と一緒に横からドアを押さえていたのだが、急に力を抜いておもむろにあごを上げ、ベランダのほうへ視線を漂わせた。自分が命じて始めた遊びだったのに、わずか十秒かそこらで飽きてしまったのだ。いつもの角度にあごを上げて明るい外を眺めている。もはやドアもいたずらも頭にない。そのため、あさみと視線がぶつかっ

たときに、なぜ自分を見て笑っているのか、何秒か考えなければわからなかった。やりかけていた遊びを思い出すと、

「あああーっ！」

と、叫んだ。「どうやって入ってきたの！」

冬休み中で、しかも松の内の土曜だったため、職員室にはわずかな先生しかいなかった。和代と二人であいさつして回ると、体育の先生に満面の笑みで迎えられた。

「うれしいねぇ。卒業しても、ほら、こうして訪ねてきてくれる」

帰り、大きい交差点から駅寄りに下った所にある高い石塀をしみじみ眺めた。あのころ、春の強風に制服のスカートをめくられ、みんなでしばし身を寄せた石塀だ。服を押さえ、肩を縮め、飛んでくる砂埃から顔をかばって塀のほうへうつむけた。あのとき理緒子は何と言ったか。

「いやらしい風。男の人みたい」

15歳の理緒子は〝男の人〟と〝男の子〟を使い分けていた。下級生や同級生、それから一つ二つ上の上級生は〝男の子〟であり、それ以上は〝男の人〟になった。彼女は〝男の人〟にはあまり興味がなかった。あさみの7つ上の兄は〝男の人〟だった。

その兄は、ひとめぼれと言ってもいい早さで理緒子に魅せられた。たまたま日曜日に当たったあさみのバースデーパーティーに、グループのみんなを招待したときのことだ。母手作りのケーキを食べたあとトランプ遊びを始めると、遅く起きた兄が「オレも入れてくれないか」と顔を出した。コーヒーを飲み飲みホットドッグ風のパンにかぶりつきながらカードを引くという、このときのだらしない兄のせいもあって、いま一つ盛り上がりに欠け、いくつかゲームを終えたところで、誰かが自分の持ち物を引き寄せた。まだ3時前だったが、そろそろお開きという空気になった。すると、退屈そうにしていた理緒子がおもむろにカードをかき集め、庭に目をやりながら気だるそうに切り始めた。彼女は「そうね」と言い、もう少しここにいてもいい、という顔つきになった。

「せっかくの誕生日なんだから、そうね、あさみの未来でも占ってあげようかな。さて……と。じゃーね、あさみは生涯に何人、子供を産むか」

手の中からカードを一枚取り出し、中央に置いて表に返した。ダイヤの7が出た。

皆、明らかにげんなりした表情に変わった。つまんないこと始めたもんだ、こんな単純な占いなんか誰が面白がるか、と。ここでも理緒子の才能を見ることになるとは誰も思わなかった。

「7人?」

理緒子がカードを見て眉をひそめた。「でも、あり得ないことじゃないわね。あさみは21とか22とかでお嫁に行きそうだもん。23歳ぐらいで産み始めたとしてよ、40歳までに7人なんて、ちょろいもんかもしれないわ。じゃ、最初の子は女か男か。赤が女よ」

カードが引かれ、ダイヤの7の上に置かれた。スペードだった。

「男の子だ。あさみの性格からしたら、最初が男の子じゃ苦労しそうね。アタフタしてるとこが目に見えるわ。じゃ、2番目は?」

ハート。よかったじゃん! と事実であるかのように目を丸くした。次、夫の年収は? 百万円を単位にしよう。結婚何年目で家を建てる? 借金はいくら?

「ところで、夫の浮気相手は何人か?」

カードの一枚一枚に大真面目な顔で没入していく理緒子につられて、その場の誰もがあさみの人生の変遷を思い描き、いつしか理緒子の空想の世界に入り込んで危惧や驚きや歓喜をともに分かち合っているのだった。

あさみの兄は別の目で理緒子を見ていた。——淫乱な女は14、15歳で、もうその目に男達を錯乱させる光を持つと言われる。15歳の理緒子の眼差しには、人を魅了する熱い力がすでに備わっていた。兄の目が男の目になっていたというのも不思議ではない。

あさみはあさみで、たわいない遊びにも真剣勝負のように挑める理緒子の才能を改めて認識し、大いに感化されたものだ。その後会社の同僚達とお茶を飲んだときに、真似してカード占いを試してみたりしたのだが、あんなにうまくはいかなかった。理緒子は一瞬にして深い心境まで到達するのに、あさみはそこまで想像する力が自分にはないのを感じる。また、集中力が切れてこれ以上続けられないとなると、理緒子はポンと投げ捨てて終わりにするが、あさみはなんとか頑張って、切れた糸をお義理にもつないで持たせようとする。どうしてそんなことをするのか、それが自分でもわからない。

以来、兄は早熟の理緒子に興味津々となり、いろいろ知りたがって妹のあさみをうるさがらせた。ニューヨークへ赴任すると、あさみにせがんで理緒子の様子を頻繁にニューヨークへ書き送らせた。というのも理緒子は〝男の人〟から手紙をもらって返事を書く人間ではなかったからだ。〝男の人〟からもらったラブレターとは、理緒子にとって、いい気分にさせてくれる言葉のプレゼント、友達に見せてひと笑いする話の種、二つ穴を開けてファイルしておく愉快な記念、そういったものでしかなかったのだろう。

あさみの兄が東京へ戻ってきたとき、理緒子は大学生で大勢のボーイフレンドに取り巻かれていた。妹を長い間わずらわせ、気をもませたにしては、兄はあっけなく興味を失った。彼は今、3人の子の父親となって千葉にいる。

2章　一本道と信じた誤算

翌日午後1時過ぎ、あさみは理緒子と一緒にタクシーでパーティー会場のＪホテルへ向かっていた。湘南の海岸沿いにある古いホテルだ。

「W/Sって、何さ」

理緒子はプログラムを開いて眺めていたが、意味がわからないので、あさみに返してよこした。したがって答えなくてもいいというわけだが、あさみは口を開いた。

「ワークショップ。『新しいダンスを講習します』ってこと。アスダンスパーティーというのは、ほんとにまじめな講習行事なの」

理緒子はあざ笑いらしき鼻息を漏らして（声にも音にもならない、単に気配というのに過ぎなかったが）、ツンと窓のほうを向いた。まじめな行事、などという言葉に軽蔑を示したのだ。

「きのう、土曜日ね」

あさみが言った。「和代と二人で母校を訪ねたの」

理緒子は退屈そうな様子で、タクシーの座席の狭い場所で足を組みかえた。

「あ、そう」

胴体の短いバスが路地を曲がってこちらへやってこようとしている。タクシーはひとまず横っちょの空き地に入ってバスを通した。渋滞する国道を避け、裏道を走っているのだ。

「笑うことイコール幸せだったあのころのこと、理緒子は思い出すことないの？」

バスが通っていき、空き地からタクシーが脱出した。あさみはひざの上の大きくかさばった荷物と胸の間のすき間で、小爪をいじっていた。いま結婚を前にして幸せではあるものの、娘時代への別れは涙なしにはできない。

「あたしは忙しいの。母校を訪ねてる暇なんかないわよ」

理緒子は現在、キー一つを一晩かけて考えるようなプログラミングの仕事をしている。そして、化粧品会社の総務部で働くあさみの倍近い高給を得ている。今はそれを貯めている、と聞く。

「そんなに忙しいにしては、こんな楽しめないパーティーによく出てくるじゃないの。

ジルバやマンボを知ってたってダメなの。アスダンスパーティーって、アスダンスを知っている人でなければ一曲も踊れないんだから。第一ダンスシューズがないと――」

「だから、あんたの婚約者を見に来たんだって言ってるでしょ。踊ろうなんて思ってないわよ」

理緒子の言い方は荒っぽくてとげとげしかった。

「今さら見てどうしようというの。何度も言うけど、結婚式にご招待するんだから、そのときに見ればいいでしょう」

「それじゃ間に合わないのよ」

「間に・合わ・ない？　何が間に合わないの」

タクシーは海岸沿いの国道に突き当たる信号待ちの渋滞に引っかかって、止まった。「間に合わない、ってどういうこと？」

「だから、あたしが見て判断してあげるって言ってるでしょ」

「何を判断するっていうの」

「あんたを幸せにできる男かどうか、をよ」

あさみはかさばる荷物の下で座り直し、理緒子に向き合った。

「あたしは自分で判断して決心をしたの。彼のことは、あんたにはあまり相談しなかった……でも、一人で十分考えたの。あたしをとても大事にしてくれる人なの。珍しいほど誠実で、善良で——」

「まあまあ、あたしに任せなさい。振られっぱなしで29まで来た女は焦ってるもんなの。亭主になる男をちゃんと見分けられる目なんか、失くしちゃってるもんなのよ」

いやな予感と不安が込み上げてきて、あさみは両手をもみしだきながら暗い窓のほうへ顔を向けた。


高校時代、理緒子の自由奔放な生き方に、あさみはどんなに感銘を受け、その独特な考え方に感嘆したことだろう。理緒子の気まぐれに付き合うことを好んで楽しみ、ユーモアに敏感なそのいたずら気を愛した。そして、図太い神経の中のどこかにひそんでいると感じられる細さ――強さの中に、時にかいま見られる或る種の弱さを、かわいらしいと思った。

理緒子の弱さ。それが何であるか、あさみにははっきり説明できない。ホームで電車を待っているときなど、理緒子はあさみに三分の一ほど重なるように前に立って、肩をあずけてくる。あさみが一歩退けばよろめくほど、すっかり背中で寄りかかって安心している。そんなときに、なんとなく理緒子に弱さを感じる。その弱さは理緒子の関心から来ているのかもしれなかった。頭の中では軽蔑しながら、こんなにも自分と性質の異なるあさみに対して、捨て切れない関心から。

正確に冷徹に現実を測り取る理緒子の物差しも、高校生のころのあさみを測るには、あまり役立たなかったのだろう。夢見るあさみのほほ笑みは理緒子には不可解であり、いらいらさせるものであり、同時に気になるものだったのだろう。そのため、あさみをからかい、いたずらを仕掛け、たまに真剣になって意見を聞いた。それはあさみにとって快く、また光栄なことだった。女子には珍しい心の強さと前代未聞のユーモアをもってクラスの皆を圧倒し魅了していた理緒子から、わずかでもそのような関心を寄せられるということは。

理緒子のやったこと・言ったことを、兄にせっせと書き送ったが、あさみはそれを兄のためばかりでなく、自分でも楽しんだ。一日のうちに小説になるくらいの波乱がどっさり起こるので、最初は日曜日に一週間分の出来事を書き綴っていたのが、それでは書き切れなくなり、毎日寸暇を惜しんでペンを取るようになった。その結果、厚みのあるエアメールが毎週太平洋を越えることになったわけである。

高校一年の中ごろまで、あさみは性についてまったくの無知だった。その扉を理緒子があっけらかんと押し開けてしまった。ガタゴト走る電車の中で、こちらの片耳をちょっとのすき間もないほどピッタリと両手で囲い、舌が上あごからピチャッと離れる音まで聞こえるいやらしいひそひそ声で、理緒子がどんなにえげつないことを言ったか。好きな人の前で服を脱いで裸にならなきゃいけない、などとは誰も教えてくれなかったお嬢様育ちのペン先はインクを跳ね上げて、センセーショナルに兄にまくし立てた。理緒子が廊下のロッカーの中に隠れひそんで何を立ち聞きしたとか、水を口に含んで誰の服にぶちまけたとか、誰のスカートをパンツが見えるまでめくってやったとか、駅のゴミ箱からどんなすごいポルノ雑誌を拾ってきただとかを、（兄がどう読むかなどはお構いなしに）便せんの上にぶちまけたものだ。それを受け取った兄も兄で、異国にいる寂しさを紛らす格好の慰めにはしても、妹の教育係としての自覚などはなから頭になく、ただ、書け、書け、と面白がっていた次第である。

そうした手紙類は、母に似て潔癖症の兄のこと、自分の結婚前にすべて燃やしてしまい、いまは一通も残っていない。無邪気な青春時代の思い出に取っておきたかった、とあさみは今になって残念に思う。

だが一枚だけ、しわくちゃになったのを持っていた。それは、或るとき理緒子に知られてしまった内容のもので、古いノートの間に挟んだまま、兄には出さなかった。

あれは二年生になったころだったか、休み時間が終わってもうすぐ授業というとき、あさみが教室に戻ってみると、理緒子があさみの学校カバンを抱えて歩いていた。中からノートや筆箱、財布、ハンカチ、生理用品などを一つ一つ、席に着いた皆に配って歩いていた。いたずらっぽい笑みを浮かべ、これあげる、これあげる、と気前よく順番に皆の机の上に置いて回ったのだ。そのカバンが自分のカバンだと気づいたのは、

「見て見て！」

と、配られたものを上にかざして誰かが大騒ぎをし始めたときだ。それは兄宛てのエアメールの薄く透けた便せんだった。あさみは悲鳴をあげて駆け寄り、くしゃくしゃになるまでもみ合ったのち取り返した。急いでほかの中身も取り返して回ったが、理緒子は空っぽになったカバンを高く掲げてみせて、愉快愉快、と笑い転げていた。

「どういうつもりなの！」

このときばかりはあさみも怒った。すると理緒子はもっと怒って頬っぺたを精いっぱいふくらませ、ツンと頭をそびやかして席に着く、というおかんむりようだった。先生が教室に入ってきたため、あさみは理緒子の真後ろの自分の席に着きながら、そっとカバンの整理をした。涙ぐみながら、くちゃくちゃにされた便せんを広げてみると、運の悪いことに最初からこう始まっていた。

『私も理緒子のことを愛していると思うときがあるの、お兄ちゃま。理緒子と一生をともに生きるなら、幸せと同時に、何ものにも負けない強い力を手に入れることができるって、私だって思うの。もし絶海の孤島に理緒子と二人きりで流されたなら、恐怖だって退屈だって金輪際知らず、さぞかし毎日を楽しく暮らせるでしょう、とほんとに思うの。あの人は生活を創造する名人。笑顔を作り出す達人。好奇心がはんぱじゃなくて、無限に豊か。まったく驚くべき女の子だわ。お義姉《ねえ》さんになったらいいなあ、って心から思うんだけれど、でも何度も言うように、お兄ちゃまの望みがかなう可能性は、たぶんゼロ。理緒子には実際ボーイフレンドがゴマンといるんだから』

あさみは便せんをしまい込み、真ん前の席の理緒子の背中を見やった。目の粗い紺のセーターを着ていても、中央の背骨がわかるほど痩せて細い。授業を始めた先生の目を盗んで、あさみは30センチ定規でその背中をつついた。理緒子は、痛い、というように反応し、振り返ろうかどうしようかと迷っていた。つまり、怒り続けようか、仲直りしようか、というわけだ。彼女は頭を斜め下に伏せて、先生にけどられないよう下のほうから後ろのあさみと目を合わせた。あさみがほほ笑むと、理緒子の細い鼻にしわが寄って、厚い唇の間から舌が出た。あさみは声を立てずに笑い、仲直りが完了した。

あの便せんを読んであさみともみ合った生徒は、あのあとさぞかし大げさに内容を理緒子にしゃべったことだろう。日本人は愛や友情をやたらと表明しないものだから、ひと言でもそんな表現を見つけたが最後、センセーションを巻き起こすのだ。

しかし、このとき便箋の内容に関してあさみは弁解せず、理緒子のほうも言及せず、したがって騒ぎも起きなかった。それが数ヶ月ほどたった日の学校帰り、乗客のまばらな明るい東横線の電車に並んで座っていたときのこと、理緒子が出し抜けに言い出した。

「あたし、いいこと知ってるんだ」

あごを上げ、唇の両端を下げ、目は奥のほうからあさみを見て笑っている。

理緒子がまともに人の顔を見るのは、ひどく関心があるか、怒ったときか、さもなければ極上のユーモアのにおいを嗅ぎとったときだけだ。普通の話では、顔は向けていても、彼女の目は退屈そうにそっぽを向いている。相手を見る必要を感じないらしい。芝居がかった表情やかわい子ぶった仕草、とろんと濁った目などには興味を起こさない。彼女の視線は真実とユーモアしか追わない。

だがこのとき、何かを思い出したようにあさみを見て、意味ありげに瞳をキラキラさせた。あさみは、いいことって何を知っているの?などとは聞かなかった。ただ次のことを理解しただけだ。つまり、あさみが理緒子を敬愛していることを彼女は知っており、それをあさみが知らないと思って、からかうチャンスをうかがっている、ということだ。だから、あらそうなの、などととぼけた相づちも打たなかった。尋ねられれば、ええ、そう、あんたのことは大好きだと思っている、とはっきり答えただろう。だが、尋ねられたわけでもないのだから。

　あさみの物静かな表情を見て、理緒子は話がやぼったくなると考えたらしく、それ以上言うのをやめてしまった。理緒子の弱さが一瞬また感じられたと思ったのは錯覚だったかというほど、そのあごはいっそう持ち上がり、眼差しは尊大になった。人がぶつかってもびくともしない岩のように瞳が固定してしまい、車窓から単純明快な世界を鼻の先で眺め始めた。

「言っておきたいんだけどね」

タクシーの中であさみは観念した。そしてため息まじりに理緒子に白状した。「山川さんて……あんた好みの男性じゃないの。だから、あんたにはあんまり会わせたくないんだ、ほんと言うと」

「こないだあたしの電話にあわててたわけがわかったわ。それでなのね。ほら、あいつ――ずいぶん長いこと、のぼせ上がったりしょぼくれたり、あんたが独り相撲を取ってた例のあいつ、越前《えちぜん》てやつよ。越前にはあんなに会わせたがってたくせに、どうもおかしいと思ったんだ」

「越前さんの話なんか持ち出さないで。ねえ、理緒子、お願いだから、今夜山川さんに会ったら挨拶以外何も話さないで。おとなしく口を閉じてて。そしていっさいあたしに感想を言わないで。いい？　あとから、あんなの最低よ、なんて言わないでね。やめちゃいなさい、なんて言わないでね」

ひどく塩害にやられたＪホテルの建物が右手に見えてきた。

「これはみんな、すでに決まったお話だということを覚えておいてちょうだい。ねえ、理緒子ってば」

タクシーが止まり、理緒子は返事をせずに降り立った。そして悲鳴に似た声を出した。

「何なの、あのなりは！」

ニューイヤー・アスダンス・パーティー会場と大きく書かれた張り紙の矢印をたどるまでもなく、賑やかな音がそちらの方角から聞こえ、着飾った人々の姿が大きな窓ガラスを通して見えていた。

「あれは、かさのあるペチコートをはいているの」

あさみはタクシーの支払いを済ませ、お尻を移動させて外へと足を出した。「あたし達はパニエと呼んでいるんだけど、これがそれ」

胸に抱えた荷物を一つ叩き、よいしょと立ち上がった。「アスダンサーはみんなああいうコスチュームを着るの」

一緒に階段をのぼり、二階のロビーに入った。

「そこのソファに座って待ってて。着替えてくるから」

音楽に乗せて、華やかな衣装のカップル達が何重もの円になって踊っている。ホールの両開きのドアが開け放たれており、理緒子はそこに立って目を奪われたように見入った。曲と一緒に壇上のマイクからヘンテコな和製英語も聞こえてくる。立ち尽くしている理緒子を横目に、あさみは少なからぬ不安を抱えて更衣室に向かった。

やがて、薄くて軽い真っ赤なタフタでむき出しの肩を覆って戻ってくると、ソファに座った理緒子がこちらを見上げてふき出した。

「そんな衣装を持ってきてたとは、知らなかったわ」

ヒールの高いダンスシューズ。胸元に黒いバラ飾り。パニエの丈はちょうど膝小僧まで。裾は床と平行に全円に広がっている。あさみは黒い布地のセカンドバッグを小脇に抱えて理緒子の隣に腰かけた。そして、「もしも、よ」と、腫物《はれもの》に触るような物言いで問いかけた。

「理緒子のお眼鏡にかなわなかったら、どうするつもりなの?」

まあ、と理緒子は考え、自分のひざに覆いかぶさってくるパニエを払いのけながら「どっちでも同じことよ」と、答えた。

「どっちでも、何が同じなの?」

「あとで話してあげる。それより、どこにいるの? 早く連れてらっしゃいよ、紹介されてあげるから」

あさみはもじもじとセカンドバッグの上で小爪をいじっていた。それから、あきらめたように立ち上がり、ホールの中に入っていった。

まもなく許婚《いいなずけ》が連れられてやってきた。背はあさみよりも少し高いだけだ。顔は細くて、こけた頬の先っちょに口がついている。肩幅は見事に広い。そのせいで顔がよけい小さく見える。黒チョッキからはシャツの胸のフリルがあふれるように飛び出していた。

「これが男性のコスチュームなの。こちら山川さんよ。山川さん、あたしの親友の理緒子」

「どうも、こんちわ」

彼は礼儀正しく両手を脇にあててチョコンとお辞儀をし、屈託のない明るい声を出した。

「山川です」

愛想のいい快活な目。いつでもしゃべる用意のできている丸く開《あ》いた口。顔じゅうが上に持ち上がって世の中の何もかもを歓迎している、といった印象だ。理緒子は低いソファに深々と座ったなり動かなかった。そのつもりもないのだろうが、鋭《するど》い眼《まなこ》を上まぶたにめり込ませて、下から彼を見据えている。いつもならそうした態度もかっこいいと思えるのだが、今は気が気でなく、理緒子を立たせようとあさみは目に非難を込めて「山川さんなの」と、もう一度声高に言った。

「山川です」

彼は二度目の軽いお辞儀をした。ようやく理緒子が立ち上がった。

「守谷です」

好奇心から来るえくぼを作ったのち、尖ったあごを上げ、改めてじろじろと冷笑ぎみに彼を見回した。

「初めまして。いつもあさみがお世話になってまして――」

そう山川が話し始めるや、あさみは彼の腕をつかんでホールのほうへ押し戻そうとした。

「ほら、ワークショップが始まったわ。ホールへ入りましょう、さあ」

『あさみがお世話になってます』などという言い方は理緒子の気に入らないに決まっている。『あさみさんにお世話になってます』と言うのならともかく。何しろ山川との付き合いは4年だが、理緒子との付き合いは14年にもなるのだ。

「理緒子もホールに入って。どこでも好きな所に座って、みんなの踊りでも眺めていて。ロビーにいるより退屈しないと思うから」

あさみは山川の腕を離さず、もう一方で理緒子の細い腕を引っ張りながら、三人で入り口を入っていった。それでも山川は首を振り向けてごちゃごちゃと理緒子に話しかけている。

「なーに、最初のワークショップなんか受けなくたっていいんですよ。特にこいつは易しいフェイズの振り付けなんです。だから、あとでキューシートを見ればわかるんですよ。キューシートって、知ってます？　ダンスの足型《あしがた》が英語で書いてある紙。そうか、アスダンスは初めてなんでしたね。アメリカ発祥のカップルダンスでね、日本人が踊り出したってのも最近の話、ここ30年てとこらしいですよ。じゃ、そこらに腰かけて三人で話しましょう。せっかく来てくれたんだから話をしなくっちゃ」

正面を除いた周囲三方の壁にズラリと椅子が並べられ、その上にも下にもバッグやセーター、ショール、プログラム、紙コップなどが置かれている。山川はひょいひょいした動作で、席が三つ空くように他人のバッグなどをどけ、端っこに腰を下ろした。だがすぐさま真ん中に座り直して、ご満悦の笑顔を作ってみせた。

「でも、あたし、これ受けたいわ」

あさみが人々の輪を指さした。

「受けたいの？　でも、話をしようよ。そのほうが楽しいよ。どうぞ、理緒子さん——あ、守谷さんでした。いやあ、あさみからしじゅう、理緒子が、理緒子が、って聞かされてるもんで。えーと、のどが渇いてますか？　僕、お茶持ってこようかな。休み時間になると混むから」

あさみは理緒子をうかがった。彼女は返答の必要なしと考えたらしく、見下した顔つきで、中央に立つインストラクターや講習を受けるダンサーの輪のほうへ目を転じていた。山川という男が、彼女の頭の中にある価値体系の右半分に入るか、左半分に入るか、もう見て取ってしまったのだ。

「ねえ、受けましょうよ」

あさみは脱いだタフタ物を椅子の上に置いて山川の手を引っ張った。「お茶なんかあとにして踊りましょう。理緒子はそこで見ててね。さあ、立ってよ、山川さん」

「そっか。それじゃあ、ちょっと行ってきます。お茶はあそこにいろいろありますから、自由に飲んでください」

山川はあさみに引っ張られ、ダンスの円に加わるために人をかき分けていった。

ワークショップが終了するまでの小一時間、理緒子がおとなしく見ているとは思えなかった。退屈して怒って帰ってしまったのなら、それはそれでいいと思いながらあさみが席に戻ってくると、理緒子はいた。退屈し切った顔をして座っていた。

「僕、飲み物取ってきます」

山川が気をきかせて走っていった。

「理緒子、ちょっとロビーに出て話さない？　話があるの。一緒に来て」

あさみが誘っても、理緒子は立ち上がりそうにない顔つきだった。山川の後ろ姿を目で追いながら、口の端にかすかな冷笑を浮かべて返事もしない。

「来てってば」

強引に手を引っ張ると、だらんと力を抜いてわざと体を重くする始末だ。そこへ紙コップを両手に一つずつ持って山川が戻ってきた。

「コーヒーが入れてありました。もうミルクと砂糖が少しずつ入ってるそうです」

と、あさみに引っ張られていた理緒子がやおら立ち上がった。そして、バランスを失って体勢を崩したあさみをボンと押して、自分が座っていた席に座らせ、山川から自分でコーヒーを受け取った。山川が笑った。

「もし好みでなかったら、僕、最初から作り直してきますから」

彼はそう言いながら、座ったあさみにもう一つを渡そうと前かがみの姿勢になった。その途端にのけぞって、アヂーッ、と悲鳴をあげた。後ろの理緒子が彼の背中にコーヒーをこぼしたのだ。

「あらどうしましょ！　どうしましょ！」

理緒子はうろたえて足踏みした。アヂアヂッ、と山川は騒いで、肌から衣服を離そうと、そちこちをつまんでバタバタした。茶色の液体はギャバのチョッキとカントリー調のシャツに染み込み、さらにズボンを伝って床まで汚した。あさみは自分のハンカチを取り出した。シャツをそれでつまみ、引っ張って体から離してやった。近くにいた者達も、スナックテーブルから布巾を取ってきて床を拭いたり、彼のチョッキのボタンを外したり、手際よく手伝ってくれた。

「つまずいちゃったもんだから」

いかにも済まなそうな感じを出して理緒子が弁解した。あさみの頭にドッと血がのぼった。ウソつき！　つまずいた振りして、わざと熱い液体を彼の出っ張った肩甲骨の間へぶちまけたのだ。その証拠に、ふくらみのない頬にえくぼが寄りそうになるのを、まゆ毛の間の皺を上に引っ張り上げることで懸命にこらえているではないか。理緒子は明らかに愉快がっているのだ。これまで何度その表情を見てきたことか！

「いいんです。いいんですよ、たいしたことないです。これ、もう古いんだから。そうだ、ちょうどいいや、新しいの作ることにしよう」

山川はそうくり返しながら、チョッキを脱いで肩越しに後ろへ首を回し、どこまでシャツに染みが広がったか、見ようとした。「気にしないでください。このシャツ、もう捨てようかと思ってたもんなんです。このズボンだってね、ヨレ始めてたんですから。だから、こぼしてもらって、あ、よかったナ、って思ったくらいなんですよ」

彼は何も気づかなかった。薄笑いをこらえる理緒子の表情も、はにかみとしかとらえず、申し訳ながっている気持ちを少しでも軽くしてやることに余念がなかった。

「シャツはちょっとだけみたいね、チョッキはどっかに吊るして干しておいたほうがいいわ、ズボンはしょうがないわね、脱ぐわけにいかないし、黒っぽいから目立たないわよ、踊ってるうちに乾くでしょ、などと周りの女性達がせかせかと世話を焼いた。こういうパーティーの場では多方向からの異性の目を意識して、自分がどんなに心優しい人間であるかをぜひ見てもらおうと、多くの女性が普段よりもずっと献身的になる。

あさみは汚れた布巾やハンカチを集め、階下にあるキッチンへ一人で降りていった。悲しさやら悔しさがこみ上げてきて、息をするのも苦しかった。理緒子の幸福を、自分は一度でも邪魔しようとしただろうか。一度でも相手の男性を笑ったことがあるだろうか。涙があふれてきて途中で階段が見えなくなった。なんて友達がいのない人だろう。これまで自分はどんなに親身になって理緒子の相談に乗ってきたことか。その恩をあだで返されたのだ！

友情は終わった。14年間の友情は泡と化した。母の言うことを聞いて、理緒子とは疎遠にしていればよかったのだ。自堕落で、不作法で、かわいげがなくて、傲慢な女！　男に抱かれながら貧乏ゆすりしている、薄情な女！　機械にしか愛情を抱けない、脳みそばかりの冷血女！　悪ふざけをするか、騒動でも起こしていないことには、あの破天荒の両親から強烈な刺激を受けて育った女には、退屈で退屈で、もたないのだ。こんな見せかけばかりの世界など、理緒子には味もそっけもなくて、やり切れたものじゃないのだろう。ときどきテレビで見る、どうしようもなくつまらない映画みたいなものなんだろう。

薄暗く、小汚いキッチンで、あとからあとから流れる涙を拭いながら布巾を洗っていると、後ろの廊下から足音が聞こえた。と思う間もなく人が入ってきて、頭の後ろを手荒く小突かれた。さんざん覚えのある、理緒子の細くて硬い手だ。

「あんたのおめでたいお坊《ぼっ》ちゃんが、もう大丈夫だから、って言ってたわよ」

あさみは髪の毛が跳ね上がるくらいに、激しく振り向いた。

「自分が結婚に失敗したからって、なんであたしを引きずり降ろそうとするの！　汚い人！　あたしがいつあんたの彼氏をクサしたことがあって？　いつあんたの彼氏にお茶を引っかけたことがあって？　お願いだから、あたし達をそっとしておいてちょうだい。あんたは今すぐ帰って。タクシー呼んで帰ってちょうだい。もうあたしは、悪ふざけにおかしがってる女学生なんかじゃないの！」

理緒子は体重を片足に移動させて〝休め〟の格好になった。わめきたいだけわめきなさい、とでも言うように、濡れしょぼたれるあさみの頬を冷ややかに見下ろした。そのまま口を開かないので、あさみは抗議を続けた。

「あんたに細やかな情を求めるほうが無理なのかもしれない。でも、あんたが困っているときや辛い時期に、あたしはそばに付いていてあげたでしょう？　話されたことを話されただけ聞いて、ほかに何も追及したり、責めたり、反対したり、いたずらしたり、そんなことはいっさいしなかったでしょう？　黙ってそばにいて、あんたの心中を察しながら、あたしも一緒に悩んだじゃないの。それなのに、どうして今あたしが……」

あさみは次の言葉を言いよどんだ。

「あんたは悩んでるの？」

理緒子が物静かに尋ねた。

「悩んで、悩んで、悩んだ末に決心したんだわ。それを、ここへ来て理緒子が……」

「どう悩んだの？」

涙声になど理緒子はごまかされなかった。「あんたはあいつを愛しているの？」

愛しているの？――『否』の返事しか期待していない口ぶりの問いかけ。百パーセント疑っている、冷ややかな響きのする問いかけ。まるで山川を愛することは、利口な者なら誰もしない、価値のないことだとでも言うようだ。なぜ愛しちゃいけないの？　そう返すために、あさみは顔を上げた。そして、まじめで鋭い眼差しにぶつかった。

理緒子は真剣に見返していた。口を閉じ、首が前にいくらか傾くほど熱心に。その目を見つめるうち、突然あさみは次のことを悟った。悲しく悔しかったのは、理緒子の辛辣ないたずらに対してではなく、山川の人の好《よ》さと鈍感さに対してだった。興味深い人間かどうかすぐ見抜いてしまう理緒子の前で、もっと賢く振る舞ってもらいたかったのだ。理緒子に食ってかかってもいい、笑い飛ばしてもいい、気のきいた何かスマートなひと言を言うのでもいい、とにかくコーヒーはわざとこぼされたのだと知っていてほしかったのだ。なのに、新しいチョッキを作るだとか、捨てようと思ってたところだとか、こぼされてよかっただとか、理緒子には通じない、聞きやすくて体裁のいい、どこから見ても寛容そうな言葉を大安売りに並べ立てた。

「彼は、いい人過ぎるくらいにいい人なの」

あさみは婚約者のために弁解を始めた。「うわべだけのように見えるかもしれない、あんたにはまだ。でも、おなかの底から善良で純粋なの。彼に夢中で恋してる、というわけではないけれど、でもあたしは彼のことが大好きなの。……母が、このごろよく言ってるわ、『どっちにしても愛着が湧いてくるから、大丈夫よ』って」

騒々しい大恋愛は、早い別れによってしかその大きさを保てないけれど、おとなしやかで慎ましい愛情は、結婚生活によってどんどん大きくなっていくものなの、と母に諭されている。あなたは人生のことをまだ何も知らない生娘。でもお母さんがこうしてついていてあげますからね。ちゃんと言うことを聞いていれば大丈夫、きっと幸せになれますとも。

10代のころ理想に燃えて甘やかに夢見ていたことは、29歳にして燃えカスばかりになり、夫となる人を現実に決めた今、野放しに広げ放題だった夢想と希望を、あさみはギュッと縮め、さらに縮こめて、手堅くひと握りにしたのだ。

「山川さんを見ていると、浮気なんかしそうもない、ってわかるでしょ。あたしをとても大事にしてくれるの。社員旅行でスキーに行くってときね、上野駅まで見送りに来てくれて『お餞別だよ』って、このぐらいの紙袋を渡してくれたの。開けてみたら、薬や栄養剤がぎっしり入っていたの。風邪薬から、乗り物酔いの薬、ドリンク剤、消毒液、貼り薬まであったのよ。そのとき、なんて優しい人なんだろう、この人と一緒になったらきっと幸せになれる、って思った……」

理緒子は斜め下に視線を落とし、あくび代わりに超スローでまばたきした。彼女の好みでない話なのだ。

「どうしたの？」

と、後ろで声がした。「そんな寒い所で立ち話して」

山川の顔が入り口から覗いた。「僕のシャツだったら、もう乾いちゃったよ。上においでよ。フルーツが出たから、グズグズしてたら無くなっちゃうよ。理緒子さんも上に来てくださいよ」

ええ、わかったわ、とあさみは返事して、布巾を固く絞った。ホール下のこのキッチンはホテル側に頼んでサービスで使わせてもらっているため、取り壊す寸前のように乱雑で暗くて寒かった。山川の目に、あさみの涙はわからなかっただろう。

「なんか手伝おうか？」

中へ入ってこようとするので、いいのいいの、もう終わったの、と彼を止《と》め、最後のハンカチをゆすいだ。

「いますぐ行くから、あたし達のフルーツを取っておいてちょうだい」

山川が隣のトイレのほうへ行ってしまうと、あさみは絞ったハンカチの端っこで、注意深く目の下と頬を押さえた。

「上でフルーツを食べたら、黙ってまっすぐに帰ってくれない？」

あさみは理緒子のほうを見ずに、布巾を一枚一枚広げて畳みながら言った。「フロントでタクシーを呼んでもらって――」

「あんたも一緒に帰るのよ」

何の情もない命令口調に、あさみは怒りを含んだ顔を振り向けた。

「帰らないわ！　あたしは踊るの。踊りに来たんだもの、山川さんと踊って、帰りは山川さんと帰るの。あたしの気持ちはもう決まったのよ。惑わせるようなことをしないでちょうだい」

「あんたに話があるの、あさみ」

「話なんか聞きたくない。失敗してもいいの、このまま進むの。先に何があるかわからなくたっていいの。あんたの忠告がいくら正しくたって、いまはひと言も聞きたくない」

「もうすぐ30になるから、でしょ？　このまま進む理由は。ま、いいわ。忠告めいたことなんか言わない。それとは全く関係ない話、あたし自身の話をするのよ。それならいいでしょ？　ね、聞いてくれない？」

「またいつか、別の日に聞いてあげる」

「今日よ。このあとすぐ」

こちらが払う犠牲など気にもかけず、当然の権利のように際限のない無理や服従を強いてくる。昔と変わらない。女学生の取るに足らない問題と、人生を左右する今の状況が、どれほど異なるものか、考えてみようともしない。

「なんてわがままな人なの、あんたって人は。なんのためにあたしがここへ来てると思ってるの？　山川さんとダンスをするために、こんな衣装を手間暇かけて準備して今日を迎えているの。彼はあたしの婚約者なの。きょうは夜まで彼と踊るの。たとえあんたの頼みでも、絶対に予定を変更なんかしない」

「変更してよ」

「ふざけてるの？」

「本気よ。ぜひ聞いてもらいたいことがあるんだ」

「わかった。それじゃ、次の日曜日に会いましょう。そのときにゆっくり聞いてあげるわ。連絡はまたあとでする」

あさみは畳んだものを持ってキッチンを出ようとした。理緒子が通せんぼするように体で出口をふさいだ。

「次の日曜じゃ遅いのよ。だって、この一週間に何が起こるかわかんないじゃない。女にとって――」

「まだいたの？」

山川がトイレから出てきた。

「いま行こうとしてたところ。先に上へ行ってて」

「何してるの？」

「ちょっとお話してるの。女の子のお話なの」

〝女の子の話〟では加わるわけにいかない。彼はちょっと頭を掻いてから引っ込み、階段をのぼっていった。

「女にとって?」

あさみが続きを尋ねた。

「女にとって〝あのこと〟はね、魅了させられる、っていうか、狂喜させられるものなのよ。狂ってしまうほど、ひどく心をとらわれるものなの」

「いったい何のことを言ってるの?」

「男を知らなかった女が官能の世界に引きずり込まれて、そこから何年も出てこられなくさせられるには、一週間あれば十分だってことよ」

憤りがあさみの頭をキーンと貫き、喉が詰まり、まぶたがゆっくりと下へ下がった。

「なんてことを言うの。あたしは理緒子じゃないわ。一週間あれば十分ですって? そんな時間なら、あたしには十年間もあったわ。あんたの計算で言えば、一週間が五百回。誘惑を五百回しりぞけて、今日まで生き延びてきたってことだわ」

「婚約は初めてでしょ。あんたの心には油断が忍び込んでいて、こんなパーティーの帰りなんか、みんなでお酒飲んで、酔って送られて、いいもの失うにはおあつらえ向きだ、っていうの」

理緒子はお得意の早口でしゃべった。「さんざん待って、待ちくたびれていたんだからさ」

「理緒子の言いたいことは、だいたいわかったわ。だから今夜は特別に気をつけるようにするわ。じゃ、さようなら。そこをどいて」

「話は終わってないわよ。あんたがあたしと一緒に帰ることを、あたしは要求してるの」

早口は短剣のようにスパスパと切れた。

「理緒子がこんなにしつこい人だって知らなかった。あたし達、なんてバカらしい押し問答をしてるんでしょう。どうしたの？　なんでそうあたしから山川さんを切り離したいの？　あたしが幸せになるのが、そんなに気に入らないの？」

細い脚で床を踏みしめ、かたくなに行く手をふさいで立っている理緒子が、なんと強情に見えることだろう。瞳を据え、口を結び、てこでも動きそうにない。こんな理緒子は見たことがない。

高校のころ、理緒子はいい人間だろうか、と時に疑問を感じることがあった。理緒子の人間観に不信を抱くことがあったのだ。心の優しい人だとあさみが尊敬するクラスメートのF子に対して、理緒子が悪質な悪ふざけをしたときなどがそうだった。だが、あとになっていつもわかるのだが、理緒子がその人の本質を見誤ることは、あまりなかったのだ。

F子は人望のあるクラス委員だった。その物腰のしとやかさと謙虚さ、か弱そうな愛らしさと優雅さ、理緒子に欠けているそうした美点を、あさみも皆と一緒になって賛美し、羨ましさと憧れを抱いたものだ。ところが理緒子に言わせると、F子は気取った偽善者、もったいぶった猫っかぶり、手袋の中に汚れた爪を隠している〝いやらしい白豚〟なのだった。

あさみは兄への手紙にぶちまけた。

『お上品に席に座っているF子さんの後ろに立って、理緒子がにこにこと話しかけながら、その背中を好意的にパタパタ叩くんだけれど、それが手のひらじゃなくて、真っ白になった黒板消しなの、お兄ちゃま。たちまちF子さんの制服がチョークの粉だらけになって、見ていた私たちは、そこまでおてんばな理緒子に呆れ果てました。綿毛に包まれたひよこに、粗野な大鷲が硬いくちばしを突っ込んだような痛々しさを感じて、こんなの許せない、って誰もが感じたと思います』

理緒子の醜いやっかみだとあさみは考えていたのだが、やがてF子がどんな人間かわかるにつれ、誤解していたことを悟り始めた。

『びっくりだったわ、お兄ちゃま。F子さんて、「私は本当に音痴なの。音楽なんてまったくダメ」なんてさんざん触れ回ったあげく、三年生の送別会の華やかな舞台で、自分のバイオリンの腕前を電撃的に披露したのよ。そうやってみんなをアッと驚かせたの。狙いどおり効果的にね。「まったくダメ」なんて言わないで「あまり上手じゃないの」ぐらいに言っておけば、バイオリンを習い始めた友達のプライドだって、そう傷つけることもなかったでしょうに』

その後卒業の年が明けてまもなく、F子にとってはさらに都合の悪い隠し事が明るみに出てしまった。――結婚したての30代の男性教師が英文法の受け持ちだったが、その教師が盛んにラブレターをよこすのだと言って、F子は2年もの間ずっと周囲の友人達に、困ったわ、困ったわ、とこぼし続けていた。ところが、年明けの職員会議にその男性教師が一つの問題を提起し、その証拠として十数通の手紙を皆に披露した。差出人のサインはすべて「F子」だった。

「すぐにこういうものは終わるだろうと思っていまして、最初は放っておいたんですが、こんなにたまってくると、やはり何かしらの指導が必要なんじゃないかと、はい、考えたわけです」

教師達は回ってきた手紙に目を通し、所狭しと踊る少女らしからぬ熱烈な文言に絶句した。会議後、好奇心を募らせた一人の女性教師が生徒会長を呼び出して、大量のラブレターを男性教師に送りつけたF子とはどういう生徒なのか、と尋ねた。その生徒会長というのがバイオリンの件でF子にプライドを傷つけられた友達であったうえ、とりわけおしゃべりな少女だったものだから、バレたF子の大嘘はたちまち皆の知るところとなった。

——なーんだ、話が逆だったじゃないの。しつこく言い寄られて悩んでる、ですって？よくもしゃあしゃあとそんなウソがつけたもんだわね。自分が攻勢かけてたんじゃないの。ずうずうしいにもほどがあるわ。

卒業するころには評判がすっかり地に落ちてＦ子は誰からも相手にされなくなり、〝卑下自慢〟とか〝Ｆ子の絵そら事〟という言葉がやたら流行ったものだ。代わりに、理緒子の人を見抜く力や隠れた人徳に人気が集まり、敵の目にまで彼女の後光が届き出したように見えたっけ。

ほかに、あさみがとりわけ感心したこともあった。それは高校卒業後一年以上もたってから、したがって兄へ書き送ることもなくなってから判明したことだ。

あたしの万年筆知らない？　どっか行っちゃったわ。腕時計がなくなっちゃったのよ。たしかここに置いといたと思ったんだけど——高一のころ、理緒子は一度ならず二度も三度もそんなことを口走った。なんて不注意な、よく物を失くす人だろう、とあさみは呆れていた。

理緒子の家は、築数十年という古い公団アパートの一階にあり、六畳と四畳半の二間に家族５人（理緒子は長女で、下に妹が二人いる）が暮らしていた。あさみは何度かそこへグループで呼ばれたが、板の間の狭い台所に据えられた丸テーブルを囲んで、背もたれのない低い小さな丸椅子になんとか５人が座ると、立たなくても簡単に後ろの物が取れるどころか、背中が茶だんすにくっついて、引き出しも開けられないのだった。

そんなふうで、とても裕福とは言えず、持ち物も質素なものが多かった。しかし話を聞くと、父親――セックスについて、娘ときわどい冗談が言い合えるという、あさみには驚愕以外の何物でもない父親が、祝い事や誕生日ごとに一点豪華なプレゼントをくれるらしい。それで理緒子はパーカーの万年筆やしゃれた腕時計などを持っていたのだ。

それらを失くしたあと特別騒ぐ様子がなかったので、失くした本人でない者は、当座は探し物に協力しても、それきり忘れてしまう。

「ほら、あれ、出てきたの？」

と、思い出して尋ねると、

「ううん、出てこない」

と、理緒子からもすでに無関心な返事が返ってきた。そのため、別なものをまた買ってもらったからいいのだろう、とぐらいにこちらは考える。

六人グループの中に、若死にした子がいた。A子といい、その入院先へグループ皆で見舞いに行った。

「危篤だ、危篤だ、って周りが騒いでたの。かわいそうに、誰がキトクなんだろう、って思ってたら、あたしだったの」

などと、ベッド上のA子が笑って話すので、一緒に大笑いし、こんなに明るいならきっと治るだろう、と皆安心したものだ。その後何日もたたないうちに彼女は子宮ガンで死んでしまった。卒業の翌年だった。

一周忌に花を持っていったのは理緒子とあさみだけだ。帰りに二人で街をぶらぶら歩いた。

「これは、誰にも話さなかったことだけどね」

急に理緒子が顔を寄せてきて低い声を出した。「もう時効だから話すけど、あんたはわかんなかった？　A子の手癖が悪かったこと」

その意味の重さに、あさみは頭をガンと殴られたような衝撃を受け、顔の筋肉までピクピク引きつった。

「あれは一種の病気なのね」

理緒子は声を普通に戻してアイスクリームをなめ、行き交う人々の頭をざわめく波がしらでもあるかのように打ち眺めた。「どうしてわかったかと言うと、A子の筆箱の中にパーカーの万年筆があるのを見つけたのよ。ひと目見て、あっ、あたしのだ、ってすぐわかった。だけどパーカーの万年筆って、同じようなのがほかにもあるからね、絶対あたしのだっていう証拠はなかったわけ。それで何気なく『ちょっと、あんた、ペンを持ってたら貸して』と言ってやったの。A子は『はいはい』なんて答えたけど、はたと気づいたのか、『ごめん。持ってると思ったら、持ってなかったわ』なんて言ったの。これではっきりしたわけ。問い詰めなかったけどさ」

A子と言えば、理緒子を中心にできた六人グループの中でも、あさみ・和代とともに、理緒子が最も身近に置いた三人臣下の一人だったではないか。

「でも、あたし以外の人からあまり被害を聞かないとすると、これは、ほら、よくある『あなたを崇拝するあまり』ってやつ。まあ、そうかどうかは知らないけど、それからはあたしも気をつけるようにしてさ、あの子がそばにいるときには、持ち物を意識して手元に置くようにしたわ」

理緒子は話しながらアイスクリームをなめ尽くし、コーンをガリガリ噛んだ。聞いていたあさみのアイスのほうが溶けて手を汚し、熱いアスファルトにポタポタ垂れていた。何ぼやぼやしてるのよ、と理緒子に叱られた。
父親から贈られた大事な万年筆や時計を盗まれて、その犯人がわかっていながら態度を変えることなく付き合い、亡くなってからも今までそれを他人に話さなかった、という理緒子の心の広さに、あさみは心を打たれた。そして今さらながらに、この人と出会えてよかった、友達にしてもらえて幸せなことだった、としみじみ思ったものだ。

時計を見た。次のワークショップが始まる時間だ。山川がさぞ待ちあぐねていることだろう。しかしあさみは、いつもにない理緒子の頼みように、一旦ここで立ち止まり、頭をニュートラルにして考えてみてもいいかもしれないと思った。もしや理緒子は置いていかれて寂しいのではないか。するとにわかに目の前に道が開《ひら》け、自分がジコチュウなことを言っていること、簡単な解決策がいくらでもあることに気がついた。なんといっても理緒子は、失いたくないと思うただ一人の親友だ。山川とはこの先一緒に過ごす時間が山ほどある。

「そうね……あたしが悪かったのかもしれない。感情的になって、あんたを追い返そうとしたりして」

あさみは、それと知らずに入れていた体の力を抜いた。「そうだわね、あんたの言うとおり、今夜は……あんたと一緒に帰ることにしましょうか」

もう一度時計を見た。「だったら、理緒子、ダンスが終わるまで椅子に座って待っててちょうだい。パーティーは8時に終わるの。8時半にはここを出られるから、それからどこかお店に入って二人でお食事しましょう。それでいい？」

理緒子も腕を返して時計を見た。

「いま3時。せいぜい待って6時だわね。退屈で死んじゃうでしょうから、それ以上はダメ」

「いいわ。じゃ、6時まで」

少しぐらいならその時になって延ばせるだろうと、あさみは譲歩した。むき出しの肩をこすりながら、理緒子の話とは何だろうか、自分自身の話だというなら男性のことだ、また赤ちゃんでもできたのだろうか、などと思い巡らしながら、二人で火の気のない小暗いキッチンを出た。

「あたしはここにいるわ」

来たときに座ったホール前のロビーの低いソファに、理緒子はでんと座って体を沈めた。

「好きなだけ踊ってらっしゃい。ただし時間を忘れずに」

理緒子の様子はどこか変だった。あさみと一緒に帰ることに執拗にこだわり、あげくソファに座ってこれから3時間もただ待とうとするなんて、そんなことは理緒子らしくない。コンピューターにどっぷりつかって、男性の話はこのところとんと聞かず、とうとう理緒子も落ち着いてきたかと思っていたのに、いったいどんな事件が持ち上がったのだろうか。いや、事件ということではなさそうだ。事件なら、先日の電話で何かしらしゃべっていただろうし、タクシーの中も長かったから、いくらでも話せたはず。改めて話す場を作ろうとするとは、どんな重大問題が持ち上がったのだろう。これまで彼女がたどってきた波乱の人生では、まだ飽き足らないと言うのか。

あさみがホールの中へ戻っていくと、山川がうれしそうに飛んでやってきた。この人と結婚するのだ。なんと言われようと、こんないい人はいない。人の悪口を言ったことがない。決して怒らないし不機嫌になったこともない。思いやり深くて、明るくて、労力を惜しまず何でもしてくれる。お酒の飲めない甘党なのに、酒席では一番陽気になる。勤勉で、潔癖で、健康そのもの。なに不足ない夫となることは確信している。だが理緒子はこう言うだろう、男として魅力がない、ターイクツ、と……。

それはあさみもよくわかっている。会った当初から山川は自分に好意を示してくれていたが、こちらはそれを男性の特別な思いとして受け止めたことがなかった。単なる仲の良い友達同士のように遊び、ドライブに行き、日記を見せ合った。そうしてさえ、男性と付き合っているという意識はまったくなかったのだ。

去年の正月（ちょうど1年前になる）、山川の郷里名古屋への里帰りに付き合った。その実家で彼と隣り合わせの和室をあてがわれたときにも、女友達と旅行するのとちっとも変わらず、疑いを抱くことさえなかった。実際、夜遅くまで彼の小さいころのアルバムを見たり、彼の大好きなけん玉で遊んだり、ダンスの話をしたりしたが、眠たくなってくると、おやすみ、と言い合ってそれぞれの部屋へ引き上げ、朝までぐっすり眠ったのだ。翌日も同じように過ごした。彼の母親の手料理を味わい、彼の姪や甥達と原っぱで凧あげをした。帰りの渋滞の東名では、助手席のあさみはうつらうつらしながら、運転席の彼は干し柿を食べながら、ちんたらと車を走らせた。

山川の気持ちをまったく知らなかったかというと、そうとも言えない。なんとなくはわかっていた。だがそれについて考えることがなかったのだ。問題にもしなかった。山川も山川で、相手が問題にしない以上、自分から言い出したり行動を起こすような男ではなかった。

それに……あさみは別の男に恋をしていた。思い出すと苦しくなるような恋。越前大吾《だいご》……。

山川の郷里に同行した翌月、春のパーティー開催の打ち合わせのため、サークルのW

先生の家に会員が集まった。広間にテーブルを並べ、予算を立てたり、仕事の割り振りを決めたりしたあと、持ち寄ったごちそうを食べていい気分になり、さあ、これからいろいろ話をして打ち解けよう、という時間だった。用があるのでこれで帰る、と越前が言い出した。

「え？　でも、何のご用ですか？」

あさみが尋ねると、

「犬の散歩を忘れていた」

などと答える。

「電話をかけて、お母様かどなたかに頼むことはできないんですか？」

なんとか引きとめたかった。彼がいるから楽しいので、彼が帰ってしまったら、火の消えた暖炉みたいに部屋の中が寒々としてしまう。

「おふくろはエサもやらない」

「じゃ、お兄様かどなたか」

「兄貴達と親父は仕事をしている」

越前のうちは会計事務所だ。二人の兄が父親を手伝い、彼だけ外へ出てサラリーマンになった。航空関連の会社だと聞いている。

「でも、もうちょっとだけいらしてもいいでしょう？　ワンちゃんなら、少しくらい待ってくれますよ」

恋心は小心者のあさみに皆の前でそんなことを言わせた。電流がこちらの体を突き抜くような、越前のあの百を語る眼差しにもひるむことなく、恋風はあさみの声まで甘え声にさせた。というのも、前の週の例会でたまたま一緒に組んで踊ったときに、耳元で「好きだよ」とささやかれたのだから。

越前が帰ってしまうと、あさみはすっかりつまらなくなり、山川が場を盛り上げようと人一倍騒ぐのを、にぎやかな人だこと、などと冷ややかに眺めながら、お開きになるまでぼんやり過ごしたものだった。

越前大吾。理緒子に紹介しても、ちっとも恥ずかしくない男。もし越前が初対面の女性に後ろからコーヒーをかけられたら――そう、彼だったら理緒子の目を、女の衣服を透き通して見る目つきでひしと見つめ、『やってくれましたね』とか『冗談がお好きなんですね』

とか、言ってのけただろう。それに反応して理緒子はパッと顔を輝かせ、『石につまずいちゃって』とかなんとか、ワックス塗りのホールの床に立ちながら答えてみせただろう。それとも『すてきな背中を黙って見過ごしたりなんかできなかった』と白状しただろうか。

背中の広さで言えば、越前よりも山川のほうがたくましくて立派だ。高校で体操クラブに入っていたので、背丈こそ足りないものの、山川の体は見事な逆三角形になっている。体操をやめて十年たった今でも、腕は筋肉で盛り上がり、お尻はキュッと引き締まって形がいい。胸板も分厚く、顔が細いのと着痩せするせいで見逃してしまうが、山川は健康器具の広告写真に写っている男優くらいの体をしているのだ。

そこへいくと越前は、山川より背こそ高いのだが、そろそろ脂肪が付き始めたかな、という体つきで、お尻もふっくらしている。肌が白く、女のように手がきれいだ。ところが気質は体格と正反対。山川がうぶで気弱で、おしゃべりで無骨なのに対し、越前は押しが強く、かつ都会のスマートさを持っている。会話を巧みにこなし、眼差し一つで女心を動かす術を知っている。山川が庶民的、浪花節的なら、越前は洗練されたジョークを操る紳士の風格を漂わせていると言ってもいい。山川に艶種《つやだね》は一つもなかったが、越前にはいくらでもあった。山川はあさみより一つ下、越前は三つ上だ。

趣味のサークルには、あらゆる年齢層からさまざまな職業の者達が集まってくる。高校を卒業したばかりの、外見も気持ちもまだほんの少女という女の子が、その春入会してきた。易しいステップさえまだ知らないというのに、いきなり越前が（自分のリード力に自信があるのだろう）その場のパートナーとして女の子を中央へ引っ張り出した。

ダンス歴が10年になり、別の地区に自分のサークルまで持つという越前は、各地の講習会に参加して仕入れる新しい（W先生も知らない）振り付けを月に一、二度こちらでワークショップしてくれる。特定のパートナーを持たない彼は、女性の足型（ダンスステップ）の説明に、いつもその場で行き当たりばったりに相手を選ぶ。女性のほうが男性よりずっと数が多いため、かっこいい越前がちょっと手を差し出せば、みな我先に中央へ進み出る。

何が何だかわからずキョトンとする18歳の（だがとても幼くて、14歳以上には見えない）少女の手を引っ張って、越前が円の中央へ連れ出した。

「さあ、右足を後ろに引いて」

「右足？　右足ってどっち？」

首を下へ折り曲げ、両手で越前の体に捕まる少女の焦った姿を、皆がくすくす笑った。桜色のブラウスを着た少女はかわいらしかった。邪気がなく、ごまかすことを知らず、困った顔を隠す術《すべ》も知らなかった。頬をブラウスよりも濃く染め、必死に足を見て、なんとか教えられるとおりに動かそうと四苦八苦する。残酷なことに、越前はついに彼女を使うのを断念して、元の場所に戻るよう告げた。彼女は言われたとおりにしたが、かわいそうに、うなだれて目には涙がにじんでいた。自分が何をしたかに気づいた越前は（熱中しているときには目の前が見えなくなるものだ）、そのあとすぐに休憩をとり、仲間が少女の所へ慰めに行けるよう取り計らった。次の休憩時間には彼自身さりげなく近づいていき、少女の隣におもむろに座って、そのまま数分間そこで休んでいたりした。少女のほうは呪文をかけられたみたいにしゃちほこばって固まっていたけれど。

少女はその後もサークルに通ってきたが、あらかじめ越前がワークショップをするとわかっているときには、例会を休んだ。彼のワークショップのないときには、例会に出てきてもいつも彼から遠く離れていた。

そんな少女も、ほかの仲間達、特にあさみには人なつこくて、折りに触れては「うちに遊びに来て」と誘うのだった。あさみのほうも好意的にとらえ、その時間を作りたいと思っていた。

そんな或る夜、少女から電話がかかってきた。初めての電話だったので、あさみは誰の声かわからず、受話器を耳に押し付けた。少女は泣きそうな声で、会ってほしい、と頼んだ。

「困ったことが起きちゃったの。あたし……こわくて……もうダンスには行けない」

「何があったの？」

「越前さんから手紙が来たの」

「越前さんから？　何と言ってきたの？」

「よく休むけど元気か、って」

「そう。よかったじゃないの。あなたのことを心配したんだと思うわ。別に何も怖がることはないいんじゃない？」

「でも、なんだかとてもこわい……。もうダンスには行けない」

「どうしたの。何をそんなに怖がっているの」

「あたし、こういうことって、理解できないの」

「何が理解できないの？　こういうこと、って、何？」

「わかるでしょ？」

そう言われてもチンプンカンプンだった。

「手紙にはほかにどんなことが書いてあったの？」

「たいしたことは書いてないの。でも誰だって、これを読んだら変なものを感じると思う。あたしよりお姉さんの岩田《いわた》さんに読んでもらいたいの。どう思うか、ほかの人の意見が聞きたくて」

「あたしは他人《ひと》の手紙を見たいとは思わないけれど、でも、会員宛てのインストラクターからの手紙ということで……」

少女のうちを訪ねることになった。ぬいぐるみや漫画、リボン、キャラメルなどが散乱した二階の少女の部屋へ連れられて上がった。散らかった靴下などを無頓着に踏み付けながら、少女は引き出しから手紙を取り出してあさみに渡した。

封筒は分厚く、切手が10円余分に貼ってあった。ベッドの端に並んで座った。力強いペン書きの宛名。あさみは中から便せんを取り出した。少女もあさみに寄りかかるようにして一緒に覗き込んだ。あさみは初めに枚数を数えずにいられなかった。８枚！　それだけで手紙の意図は明瞭に思われた。どんなに取り繕ったことが書いてあろうと、18の少女に８枚も書き綴った30過ぎの男の下心は見え透いている。

少女の言うとおり内容はダンスに関することがほとんどだった。励まし、注意を与え、自分の苦労を語り、そしてアスダンスを称賛した。もちろん行間にうまくチラチラと本心を見え隠れさせ、少女への思い入れがじわじわと伝わるようにしてある。

『絶対に世辞でなく、君はいい筋をしているんだ。かかとのすぐ上に、親指と人差し指で後ろからつかめる筋《すじ》があるだろう。その両脇のへこみが、君の運動神経のすばらしさを物語っているんだ。僕は君を注意して見ているんだよ』

臆面もなく触れては逃げる卑怯な戦法を、延々８枚にわたって繰り返す。手紙を宛てられた当人でない冷静な者にならこそんな書き手の魂胆が容易に見て取れるやり方だ。

ひととおり読み終えたところで、便せんの最後に書かれた言葉にぶつかった。あさみは唖然としてその文字に釘付けになった。

『僕の夢想の中の姫君へ。嘆きの騎士、大吾より』

「ねえ、どう思う？」

読み終わっても、あさみがうんともすんとも言わないので、少女が聞いた。あさみはガサガサと便せんを元の封筒に戻し、そっけなく少女に返した。

「恋文だわ。キザな恋文。越前さんはあなたのことが好きみたい。それであなたは越前さんのことをどう思うの？」

「いやよ、あたし、あの人こわい。近づきたくない」

少女の『ない』という発音が、あさみの耳にはときどき『ニャイ』と聞こえる。見た目の幼さというものが聞く側の耳にも影響するのか、気になって仕方ない。

「そばに寄ってこられるのも、おそろしい。嘆きの騎士だなんて、あたしにはちっともわかんニャい。大人の男の人って、こわい。もうダンスなんか、やめちゃいたい」

「その中には良くないことも書いてあるけど、ダンスがステキな趣味だというのは、あたしもそのとおりだと思うの。越前さんがいやだったら、彼のことを無視して踊っていくことはできない？　こんな手紙には返事を出さずに知らんふりして、純粋にダンスだけ楽しめばいいんじゃない？」

「できない――できニャ、い」

あれこれと一時間も話し合ったあげく、あさみが代わって文面を考え、断固とした拒絶の返事を出すことに決まった。それで少女の気持ちがおさまった。

あさみは複雑な思いで、窓際の少女の机に向かい、下書きの鉛筆を持った。『まったく不愉快です』『個人指導などされたくありません』『お付き合いする気は毛頭ありません』『二度とお手紙をいただきたくありません』『ちょっとでも私を見たり、私に話しかけたり、私のそばへいらしたりしないでください』などと、少女の希望でそんな強い文言を入れなければならなかった。少女はあさみに感謝し、下書きを丸写しにした。便せん一枚の手紙は一気に仕上がり、少女は出来栄えに満足した。

少女の家を出て、あさみはゆっくり歩き、駅前のポストまで来た。そこで気持ちが萎《な》えて考え込んでしまった。頼まれて預かったこの手紙に関して、あさみの意思はほぼなく、したがって責任もないわけだったが、非常に後味《あとあじ》が悪い。まるであさみがわざと書かせたような気分が残っている。もしこれがいい返事であったなら、涙しながら愛の美しい犠牲に心を酔わせることもできたのだろうが……。しかしそうではないので、一人の男性を二人で取り合うという醜い嫉妬心から、自分より十歳も年下なのをいいことに、少女の気持ちを無意識に誘導して、結果的にこの手紙を書かせたのかもしれない、という、何とも言えない後ろめたさが残っているのだ。違う、決してそんなことはなかった、と否定してみても、この中の文章や言い回しはあさみのものだ。弁解の余地はない。少女の激した感情のままに、あさみが書いたのだ。曲がりなりにも十歳年上の者の頭を通ったのだから、直接的で不人情な言い草をもう少しやわらげ、一人の人間を傷つける幼い感情的な調子を抑えるぐらいは、当然すべきだった。それをしなかったからには、これは投函すべきでない。

実際投函せず、手紙をうちへ持ち帰ってきた。そして改めて、越前の気持ちを踏みにじるような箇所をすべて抜き、少女の筆跡をできるだけまねて幼い言葉遣いをし、わざとらしいニャンニャン言葉も混ぜ込んで言葉柔らかに書き直しをした。そうすることで、ようやく気持ちが落ち着いてきた。心に少しのやましさも感じずに、越前の恋の成り行きを見守ることができるように思えた。書き直したものを投函し、元の便せんは破いて捨てた。

その後、気を取り直して例会に出てきた少女は、以前にも増して越前を避けていた。越前はと言えば、少女らしい臆病さとはにかみ、そして姿に似合わない思慮深さなどを、手紙の中に読み取ったとでもいうのだろうか。――あの子は目覚ましい進歩だよ、ステップがしっかりしてきた、先が楽しみだ、会員と交わすそんな聞こえよがしの会話が聞こえてきたのだ。あさみは自分が間違ったかもしれないと思った。ああいう言葉が少女の小さな胸にどうこたえるか、越前は承知している。彼にとっては少女もあさみも同じ、お手の物なのだ。彼のほうが一枚も二枚もうわてだった、とあさみは思い知る。

このころの苦しみを、理緒子に幾度となく聞いてもらった。理緒子は同情などしなかった。

「書き直すなんて、大まぬけの大偽善者よ」

しかし、救いがあった。少女は18にもなるというのに、常識はずれに子供っぽく、喜んだり怖がったりして悩みながら、なかなか越前の手に乗らないことだった。成熟した女に対してなら十分に通じるものも、子供相手では独り芝居をしているようなものだったのかもしれない。捕まえたかと思えば、変なところからスルリと逃げてしまう。効くものも効かない。次第に越前も疲れて、あきらめの色が濃くなってきたように見えた。サークル一の伊達男が、たかが18の娘にこんなにてこずるとは。あさみはフッと笑いが込み上げてきて、少しだけ心が舞い上がるのを感じた。

だからというわけではないが、少女と横浜で待ち合わせて、或る日お茶をごちそうした。理緒子に言わせると、〝あんたが要らないならこっちがもらうわ〟談判ね。やめて、違うわよ、とあさみはそのとき怒って否定した。

「その後、気持ちはどお？　越前さんを少しはいいと思い始めた？」

コーヒーを飲みながらあさみが尋ねた。

「いや、こわい。嫌い。ずうずうしい」

三つ並べられた形容詞は、あさみの耳に快く響いた。意味を補うなら、あたしはまだ子供なので男性の魅力がわかりません、というわけだ。

「あ、そう……」

だがあさみは、他人の不幸を幸いに陰でほくそ笑む悪者にはなれなかった。それで、越前に対する自分の思いを少女に打ち明けた。

「えええーっ！」

少女が仰天して驚く様子を、ああ、娘はこうして大人になっていくのだ、世の中のことを一つ一つ驚きながら、皺を増やして自分の中に受け入れていくのだ、とぼんやり眺めた。

「越前さんのことが、あたし、ほんとに好きだったのよね。……だから、あなたがあの手紙を見せてくれたときには、心の中がひっくり返っていたの。でも、悪がらなくていいのよ。あなたは知らなかったんだし、それにもう済んだことだから」

少女はあんぐり口を開けていた。やがて胸いっぱいに息を吸い込み、フワーッと吐き出して言った。

「なーんだぁ。そうだったのぉ」

彼女はやけに晴れ晴れとした顔つきになった。「それならそうと早く言ってくれればよかったのにぃ。越前さんが好きだ、って。そうしたらあたし、あんなに悩まなかったのに。なーんだぁ。そうだったのぉ」

あさみにはわけがわからなかった。

「どうしてそんなふうに言うの？　何が『なーんだ』なの？」

そう聞かれても、何が『なーんだ』なのか、少女にも説明できなかった。自分の心理を分析して表現する習慣など持っていなかったからだ。その後の少女の行動から、あさみが判断して勝手に推測するよりほかなかった。つまり、こうではなかっただろうか。少女は初めて〝自分に恋する男性〟に出会った。初めて出会ったものには恐怖感を抱く。馬を知らない人間は、初めて大きな馬を目の前にして、すぐにまたがったりするだろうか。その大きさに恐れおののいて後ずさりするだろう。だが、そこへ別の人間が来て、どうどうどう、と慣れた手で馬の首をたたき、愛情を示したらどうだろう。「なーんだ」と安心して馬に近寄っていくに違いない。あさみがその後の少女に見たものは、少なくともそんなふうに解釈しなければ、説明がつかないものだった。

「ついでにもう一つ白状しなければならないんだけど、怒らないでくれる？　あたし達が一緒に仕上げたあのお返事ね、あたし、うちへ持って帰って書き直しちゃったの。激しい所を穏やかな言葉に変えて『もう少し待ってください。自分でもまだわからないの』というふうにしてしまったの。気に入らないかもしれないけど、あなたはまだまだ人生の初心者だから」

少女は事態が呑み込めず、あさみの言葉が頭の中をから回りしているようだった。あさみはしばらくそっとしておいた。納得がいくまで考えさせよう。こちらを責めるなら責めてもいい。何事も自分で考え、自分で答えを出さなくちゃいけない――。見ると、少女の口元がいつしか微妙に緩んでいた。

その後、少女は自分で手紙を書いて越前に出したようだ。なんと書いたのか知らないが(あさみは尋ねなかった)、例会場で越前と少しずつ話をするようになった。それからだんだん、差し出された手に応えてパートナーとして進んで立ち上がったり、一緒に楽しそうに帰ったりし始めた。

ライバル意識に目覚めて、あさみを苦しめるためにわざと芝居をする、そんな悪女の知恵があの天真爛漫な少女の頭に突如芽生えた、などとは考えにくかった。見方を変えれば好きになることもできるのだ、と目の当たりにしたことが、大人の男性は怖いものだという幼い観念から、少女の心を解き放したのかもしれない。そして、自分の気持ちにいっぱいいっぱいで、あさみの気持ちを思いやるというところまでは、まだ考えが行き届かない――そう考えるほうが自然で、またこちらの気持ちも楽だった。

あんな子供がいいだなんて、価値のない男だったんだ、とあさみは心の中で、失恋を相手への幻滅に置き換えようと努めた。『姫君へ、騎士より』だなんて、32にもなって、なんて甘助《あますけ》なんだろう。きっと憧れの少女像を自分で勝手に作り上げて、彼女の本当の中身はまだ全然わかっていないんだ。わかったら失望するに決まってる。だってまだ全然子供なんだから。だからといって、そのあとこっちに来たって、もう遅い。こっちは心底がっかりしてしまった――。

あの少女を思いやりがないといって非難する資格は、あさみにはなかった。なぜなら山川に自分のこの失恋を物語って聞かせたからだ。山川と女友達一人をお茶に誘い、少女を別サークルの知らない匿名女性とした上で大まかに語った。山川は、うん、うん、と相槌を打ちながら、隣の女友達よりも熱心に、親身になって聞いてくれた。ただ彼はその喫茶店にいた3時間のうちに、十数回もトイレに立った。

「どうしたんだろう。おかしいなあ、こんなこと初めてだよ」

そう首をひねって笑いながら帰ってくるので、あさみも笑って話の続きに戻り、山川の心中を察しなかった。駅で別れたときに彼の後ろ姿を振り返らなければ、最後まで察しなかったかもしれない。さよならを言い合い、手を振り合って少し歩いてから、あさみはふと振り向いた。そして、肩を落とし、下を向いてとぼとぼ歩いていく山川の姿を見た。

「落ち込んじゃだめだよ。あさみの良さがわかんないなんて、男じゃないよ」

そう言ってあんなに明るく慰めてくれたのに、しょんぼりして寂しそうだった。駅の雑踏を行きながら、よけることもせず人にぶつかり、肩を当てられて体を振られていた……。

山川との間には、これまでだってドラマチックなものは一つもなかった。ただあさみが自分の胸の内で考え、思い悩み、彼との結婚を決意した、というだけの話だ。越前に感じたようなときめきも、感動も、夢もなく、現実的に将来の家庭像を頭に描いて決めた。言ってみれば計算ずくの婚約だ。結婚とはこんなものなのだろう。こうしてするのが一番いいのだろう。目がくらまずに、物事がはっきり見える。これなら結婚したあと、うっとりする喜びもない代わりに、歓喜につきものの失望もないように思う。堅実で長持ちする〝なんとなく幸せ〟な家庭が築かれることだろう。それで十分だ、と半年以上迷い悩んだのちに考えが落ち着いた。そして、こちらが誘導してそんな雰囲気を作ってやらないと、いっこうにプロポーズする勇気のない山川を助けてやって、照れ笑いに紛れたその求婚を、こちらも笑いながら受けたのだった。

理緒子にどう話したものか、と暮れには迷っていた。なぜか言い出しにくかった。で、先の年賀状に「今年、結婚します」と書き足したところ、数日後に電話がかかってきたのだ。理緒子に越前のことはグチグチと聞いてもらったが、山川のことは話してこなかった。話の中に登場はしても、あさみ自身そう思っていたように、あくまでも脇役としてだった。

だからその電話でも、

「越前のやつが言ってきたの？」

と、理緒子の口から真っ先にその名が飛び出した。

「そうじゃないの」

「まさか、あんたのほうから？」

「とんでもない。あのね……越前さんじゃないの」

「へえ……ほかに好きな人がいたんだ？　あたしに経過報告もなしに？」

「しなかったというか、しそびれたというか……」

「で、誰なの？」

山川の名を明かすことにためらいがあったのは、越前という名に比べて平凡だから、と頭の中でこじつけていた。

「ちょっと、あさみ。あんたに会いたいわ。たしか新年のパーティーがあるって言ってたわね。いつだったっけ？」

とうとうあさみも結婚するのか、と友達として感じるところがあって会いたいと言ってきたものと、このときには思っていた。

「来たって踊れないのよ、アスダンスというのは社交ダンスと違って——」

「いいから連れてってちょうだい。ほんとにあんたに会いたいんだってば。そいつも来るんでしょ？　ちょうどいいわ、あたしに紹介しなさい。あたしが〝見て〟あげる」


「おっと！」

ワルツの連続右回転の最中に山川があさみの足を踏み、転ぶまい、と踊りを止めて互いに支え合った。そこへ後ろのカップルが回転を続けて、ドン、とぶつかってきたため、あさみと山川は仲良く抱き合ったまま床に転倒した。大笑いをし、いたわり合い、手を取り合って起き上がり、そうしながら体のいろいろな所が触れたことに照れて、二人とも顔を赤らめた。

「ごめん。僕がうっかり――」

「ううん、あたしがぼやぼやしてたの」

「違うよ、僕が悪かったんだよ」

「聞いちゃいらんないな」

誰かが逃げ出す格好をして周りの笑いを誘った。二人はまだ婚約を発表していない。それが顔に書いてあるとも知らずに、目を見合わせて秘密を楽しんだ。

楽しいのだ。山川と一緒にいてこんなに楽しいのだ。決心は間違っていなかった。あさみは越前のことを頭から振り払った。軽快な音楽。難しいステップ。失敗。やり直し。笑わせるのがうまいW先生。やっとステップが覚えられた！　汗をかき、しゃべったり笑ったり。頭には純粋にダンスと山川のことしかない、とあさみは思った。さっきの転倒騒ぎは、向こうにいる越前の耳にまで届いただろうか、などとは考えていない。自分を選んでくれなかった男に対して、他の男との仲睦まじさを見せつける快感を、ひょっとしたら自分は味わっているのではないだろうか、などとはつゆも頭にない。あさみの中にはもう越前の『え』の字もない……。

越前と少女の仲は、案の定長く続かなかった。少女はあれから欠かさず例会に通ってきたが、アルバイトをすることになったから、と一時《いっとき》顔を見せなくなった。その後忘れたころになってポツンと出てきたり、ごくたまに二度続けて姿を見せたり、途中で帰ったりした。少女が出てくれれば、越前はそばへ行って声をかけたが、その声のけだるそうな調子を聞かなくとも、あさみには察しがついた。少女がアルバイトを始める前に、越前のほうはとっくに飽きてしまっていたのだ。それを卑劣にも義理立てして声をかけている。相手が成熟した女でないので、情け容赦なく切って捨てることができないのかもしれない。鈍感な少女が気づくまで、だからああして希望を持たせるような、終わったことをわからせるような、どっちつかずの態度を取り続けているのだ。そう思っていたら、急に越前が例会に来なくなった。そのまま彼の欠席は一ヶ月以上も続いた。

〈ああ、そういうこと。面倒になるとそういう手を使うわけね〉

越前を蔑《さげす》むこの分析にあさみは満足し、よくよく自分が巻き込まれなくてよかったと思うのだった。

以前とは比べものにならないほど悩みが深刻になってしまった少女から、再び相談された。あさみはのちのち自己嫌悪に陥ることも覚悟して、少女のために自分が真実感じていることを忠言した。

「越前さんていう人はね、美代子《みよこ》ちゃん、あなたの手に負える人じゃないと思うの。正直なことを言うと、もう彼とはやめたほうがいいと思うの。あなたのためを思って言ってるんだけど」

だが、初めての恋にのめり込んでしまった少女の心は、先日までの無垢な外見からは想像できないほど〝女〟へと急速に変貌してしまったようだ。キッ、と眉を逆ハの字にしてあさみを睨みつけた。

「そう言うだろうと思った！　彼のことが好きなもんだから、あたしに手を引かせたいんでしょ！　そしたら、自分にチャンスが回ってくるから」

そんな侮辱的なことを言われても、別に腹も立たなかった。ただ口をつぐんで少女の攻撃的な文句を黙って聞き、成長するにつれて失われていくものがどんなに貴重なものかを、改めて考えさせられていた。

傷つき、泣きながら少女はダンスをやめていった。越前のほうは悪いことをしたと思っていないようだ。内心はいざ知らず、少なくとも見た限りでは、少女が退会して出ていくまで姿を見せず、ほとぼりが冷めたころ何食わぬ顔をしてやってきた。周りの者もまた、越前にのぼせて独り相撲をとっていた女の子がついにあきらめて去っていった、ぐらいにしか考えていない。

最初の釣り糸となった越前の罪な手紙のことを皆にばらして回ろうなどとは、あさみも思わない。この恋の破滅を利用して、彼にこちらの価値を誇示しようとは、さらに思わない。

そんなわけで、サークル内を見れば越前の地位はいまだ安泰であり、今夜は、パーティープログラム後半の盛り上がる花の時間帯に彼の講習が組まれている。女性陣の憧憬の視線を集めながら、彼はいま正面壇上近くの席に控えて準備万端といったところだ。

短い休憩時間にその越前が何気なく立ち上がり、座っているあさみのそばへブラリとやってきた。そしてやみくもにこう言った。

「僕は、こんなことは嫌いだ」

あさみはポカンと越前の顔を見上げた。彼はお茶やスナックのテーブルが並べてあるほうを向いていた。暖房の効き過ぎだというように顔をしかめ、シャツの襟の中に白いハンカチを当てている。しかし、暖房の温度を愚痴るにしてはおかしな言いぶりだ。といって重要な意味があるとも思われず、あさみは返事をせずに顔を戻した。何か口に含む甘いもの、飴とかチョコを取りに行った山川を待っている。短い休憩時間には皆がスナックテーブルに殺到するため、大きなパニエの群れに囲まれて身動きできないでいる山川の姿が遠くに見えていた。

そのまま行ってしまうだろうと思われた越前は、あさみに用があるのかないのか、ハンカチをポケットにしまったあともまだそこに立っていた。会場はにぎやかでワイワイしていたが、いま彼が立っているここだけ、この二人の間だけは妙に静まりかえって、不自然な時間が経過しているように思えた。越前は両足を少し開き、真っすぐな姿勢を保って動かなかった。そうすることによって、体全体から得体の知れない熱を発散させ、そばにいる者を包み込もうと念じながら、沈黙の中に己の強い意思――男としての万の意味を込める。あさみはそれを感じた。

次第に見えない網の中に捕らわれていき、金縛りにでもかかっていく気がして、これは良くないことなんじゃないか、と頭の片すみで考え始めた。このままでは強い磁力にくっつき取られる、脳のない道端の落ち釘と同じではないか。心の奥底にいつまでも残っている恋慕こそ、精神をむしばみ、狂わせるチャンスを狙う、一番用心しなければならない毒素だ。それにしても、なんと魅力のある甘い誘惑だろうか。こうして口を閉じて、手を伸ばせば届く所に二人で居る。危険をはらんだその時間といったら、言葉の要らない澄み切った〝時〟――運命の人との初めての出会いの瞬間と見紛うぐらいに似ている。

ついにあさみが身じろぎした。間髪入れず越前が口を開いた。まるでこの時間《とき》の効果を知っていたかのようだ。

「きょう、帰りに話し合おう。二人だけで」

そう言うなり、そばを離れていった。

三年ほど前に越前がこのサークルに入ってきて以来、そのさっそうとしたたたずまいに魅せられてしまった恋心が、ほんのりとあさみの胸の内にまだ残っている。それは認めるところだ。彼がこちらを好きか否か、この問いこそが恋する者に共通の最大の難問に違いない。あるときには愛されていると感じ、あるときにはやっぱり愛されていないと感じる。もちろんこちらの思いを打ち明けたりはしない。たまに組んで踊ることがあれば体を熱くし、きっかけをとらえて言葉では遊んでも、いつも遠くから見つめる存在――友達と話をしていても、彼がどこにいるかは絶えず頭にあるような憧れの存在――それだけだったし、今でもそれは変わらない。

彼は32歳。親から早く結婚しろとうるさく言われているよ、と皆に話す。いずれ誰かを選ぶだろう。付き合っているらしいと噂される女性は大勢いる。誰であろうと、もはやあさみには関係がない。心は決まったのだし、その選択に満足している。

『二人だけで』だって？　断じて断ろう。あの男はすべての女性が自分のものであってほしい、欲張りなドンファンだ、と今ではわかっている。うっかり誘いに乗ったが最後、ていよく捨てられて、あの少女の二の舞を踏む羽目になる。そのことを肝に命じて忘れないでおこう。話し合おう、とはなんてずうずうしい。こちらの婚約を知らないとはいえ、「好きだよ」とささやいたあと一年もほったらかしにしておいた女が、ちょっと楽しそうにしているからといって、早速ちょっかいを出しにかかるとは！　まったく厚かましい。それにしても、何を話し合おうと言うのだろう……。遠くから山川がこちらへ戻ってこようとしていた。

しかし、『二人だけで』……。それは二年も待った言葉ではなかったか。ついに言われたわけだ。胸も騒がず、へいちゃらな顔で、ふん、と誰が突っぱねられようか。

「はいよ。いっぱい持ってきたよ」

チョコとキャンディを両手にあふれるほど持って山川が帰ってきた。こぼされたコーヒーの薄い染みが白い袖についている。楽しくて仕方がないという笑顔なのだが、頬が細くこけているので縦に太い皺が入り、三日月型の目と目の間が間抜けた広がりを呈している。決して美男の顔ではない。

手いっぱいの戦利品を、おなかを合わせるようにして受け取りながら、あさみはなんだか特別な理由もなく気持ちが沈んでいくのを感じた。未来の夫となる人に対して、漠然とした、しかし底知れないだるさ、覚えたての英語で言えば〝ダルネス〟を感じている。並んで椅子に腰かけながら、心の中が、カラカラ、と音がするほど空虚な感じになってくるのを、どうすることもできない。この先何十年とこの人と一緒に過ごすのだと、改めて考えてみる。たちまちやり切れなさに襲われた。

いつまでたっても魅力を感じさせてくれない男。反対に、何年たっても魅力のあせない男。手遅れにならないうちに、後悔しないように、あさみは頭の中をもう一度ゼロにして、最初から考え直す必要があるのではないかと思った。確実に手に入る、平凡な幸せへの道。一方、めくるめく喜びか失意のどん底か、その賭けをすることになる道。この二つの道のうち、どちらを選ぶべきか。

簡単に答えは出ない。ともかく越前の話を聞くだけ聞いてみよう、話も聞かないうちに、てっきり求婚ではないかと早合点するのは、ひどい自惚《うぬぼ》れではないか、と自分を笑った。そして次のことには目をつぶり、はっきり意識にのせて考えようとはしなかった。すなわち、結婚の約束を交わした身だというのに、まだ迷いがあるということ。そして越前が何を話し出すのか、たぶんわかっているということ。それを聞けば逃《のが》れられなくなる自分だと承知していること。彼の話を聞くこと自体が、すでに道を選んだことになるのだということ……。

山川と組んで踊りながら、人々の混雑のすき間からたびたび越前と目を合わせた。どんなふうにして二人で帰るのか、と問えば、大丈夫、僕に任せて、と答えるような眼差しの交わし合い。

心臓がドキドキと速い脈を打ち始めた。山川の腕に置く左手の指先は細かくふるえ、ステップを間違えても笑うゆとりがなくなった。

山川は何も気づかなかった。陽気で言葉が多く、心からパーティーを楽しみ、婚約の喜びを全身で謳歌している。彼に用心することは何もなかった。悪いんだけど今夜は一緒に帰れないの、と言えば、残念がりはするだろうが、しぶしぶ一人で帰ってくれるだろう。山川との生活は飽きるほど単純で簡単に見える。判で押したように続く、もめごとの起こらない平和な日々が目に浮かぶ。お使いしてきてちょうだい。いいよ。お掃除しといて。わかった。あしたは映画を見に行きましょう。そうしようそうしよう。心の弾みもメリハリもなく、レールに乗った単調な毎日……。

で、越前の場合には？　それはさっぱり見当がつかない。いや、はっきりわかることが一つある。浮気にはさぞかし悩まされるに違いない、ということだ。しかしながら、理性が考えつくありとあらゆる悪い予測や障害は、燃える愛の炎の前に、なんと解決容易で微々たるものに見えることだろうか。

山川が包み紙を集めて捨てに行っている間、あさみは化粧直しのためにホールの出口へと歩き出した。越前が近寄ってくるのではないかと恐れたが、果たしておもむろにこちらへ歩いてきた。そして通りざまに耳元にこうささやいて行く。

「このホテルの二つ隣のレストランで。時間は8時半」

歩調を変えずに彼はそのまま通り過ぎる。こちらの返事などは待たないのだ。二つ隣のレストランは高級フランス料理店で、アマチュアのアスダンサー達がこぞって流れていく場所ではない。静かな雰囲気の中で、二人きり……。歩き去る越前の後ろ姿を見つめながら、あさみは我知らずぼうっとしてしまった。裏切りのドラマが始まった、というそら恐ろしさと、同時に胸のときめきを噛みしめて。

そのあと首を巡らしたときに、山川の人のいい垂れぎみの目ではなく、端の切れ上がった鋭い目に出くわした。覚えのある、なつかしいと同時に、いつも耳をガンと殴られる心地のする、意思のこもったきつい眼差しに。あさみは姿勢をしゃんと立て直した。それが誰であるかを思い出したのだ。それとともに約束も思い出して、あわてて時計を見た。5時半を過ぎている。ホールに入ってきていた理緒子は、壁に背中をつけて立ち、いつからかあさみを見守っていたものと見える。心の動きをさっきから読まれていたのではないかと、あさみは恥ずかしさに顔が赤くなった。心はもう決まったのよ、と息巻いた舌の先がまだ乾かないうちに、気持ちをゼロにして別の男性との可能性を考えているのだったから。待たせている理緒子のことも忘れて、『二つ隣のレストランに8時半』しか、もう頭にないありさまだったのだから。

理緒子のほうへ歩いていく短い距離の間に、あさみはこう考えた。今の自分は何よりもまず頭を冷やす必要があるのではないだろうか。今夜はとりあえず理緒子と一緒に帰るのが一番賢明なんじゃないだろうか。まだ何も越前と約束したわけではない。彼が勝手に誘いをかけ、こちらの返事を聞いてはいないのだ。8時半にレストランにいなくても、こっちに責任はない。すでに別の約束があったから、といくらでも言い訳できる。

迷路に入り込んで動揺している胸の内を、ともかくひとまず鎮めよう。それからゆっくり腰を落ち着けて考えても遅くはないはずだ。危うく軽はずみな行動を取るところだった。理緒子は思わぬときにタイミングよく救ってくれたものだ。このことには感謝しなくちゃいけない。

「ダンスパーティーではいろんなことが起こるもんだから、実を言うと理緒子のことは、ごめん、すっかり忘れていたの。でも、あんたがいてくれてよかったわ。山川さんが戻ってきたらわけを話して、帰り支度をするわね」

「〝忘れてる〟以上の顔つきだったわよ」

「意地悪なこと言わないで。一緒に帰れるのをこうして喜んでいるんだから。理緒子の話ももちろん聞くけれど、あたしも聞いてもらいたいことが出来たの。どこへ行きましょうか。少し飲まない？」

「お酒、ないほうがほんとはいいんだ。あんたがあとから考えたときに、ちゃんとした印象が残っててほしいからさ。でもまあ、お酒があっても、あたしの話は変わらないから、どうしても飲みたいなら少しくらいいいけど」

「ちゃんとした印象、って？」

「それをこれから話すの」

「重大なことなの？」

「重大問題よ」

「理緒子にとって？　それとも、あたしに関係あるの？」

「あるのよ。ほら、彼氏が来た。話してきなさい。とにかく早くして。すっかりお尻がしびれちゃったわ。それからあれはもうたくさん！　音楽と一緒に、変な英語の号令。何なのさ、あれは」

ええーっ、なんでぇ、どうしてぇ、と山川はだだをこねたが、ものの一分も言い聞かせると、あきらめておとなしくなった。

「理緒子さんは何の話があるって言うんだろう。また今度にしてもらうわけにいかないのかなぁ。せっかく〝休み〟のニューイヤー・パーティーだっていうのになぁ」

更衣室に入る前に越前とすれ違った。次の夜の部のトップバッターとして自分が行うワークショップのために慌ただしくしているものの、目を合わせようとこちらを見たのがわかった。だが、あさみはまっすぐ前を向いて気づかない振りをした。越前は一瞬立ち止まったが、時間がなかったのだろう、急いでホールへ入っていった。

着替えを済ませ、理緒子と連れ立ってそっと下へ降りていく。パニエの荷物をじかに床に下ろし、呼んだタクシーが来るのを待った。理緒子は無人のフロント前の椅子に座り、あさみはガラス窓からはすかいに道路をうかがった。そこへ、タタタタッ、と足音高く越前がやってきた。

「帰るの？」

あさみは、ええ、と短く答えたが、頭の中は混乱していた。

〈今って、時間的にワークショップ中でしょ？　どうしてホールを抜け出せたの？　も

う休憩を取ったのかしら？　早過ぎじゃない？〉

めったに見せない優しいほほ笑みを浮かべた越前の、端正に整った顔立ちとそれが醸し出す詩的なムードに、情けないことだが体じゅうがしびれてくるのを感じて、あさみはどうしようもなかった。

「僕の話を聞いてくれないの？」

心を乱されながらも、すぐ近くからこちらに鋭い視線を向けているであろう理緒子を、もう忘れることなどできなかった。そそとした声を出した。

「お話はまたいつか伺います。きょうは用事があるので」

「あした会える？」

「あした？　え……と、ちょっとわかりません」

「電話してもいい？」

あさみは考える力を失って、うなずいた。きびすを返して去る前に、越前は上体をひと揺れさせた。そんなささいな仕草によって、限られたわずかな時間を何倍にも意味深くしていく。含みのたっぷりこもった眼差しを、女心にしかと刻み付けていく。あさみはそれをキザだと思わない。板についたダンディぶりだと思う。そもそも、常日ごろ何気なくやり過ごす一秒単位の時間を、どこまでも引き伸ばし、飽かずこねくり回し、深く内側へ掘り下げて思いに沈むことこそ、恋愛という心理現象なのではあろうけれど。

越前は階段を駆け上がっていった。あさみは理緒子のほうを向いた。こんな会話を交わすだらしない姿をさらして、どんなに辛辣《しんらつ》な皮肉を言われるだろうか、と顔色をうかがった。だが目に映ったのは、もっとぼんやりしている理緒子だった。椅子に座って見上げていたが、たまたまこちらへ目が向いているというだけで、頭は別の考えに浸っている様子だった。タクシーが入ってきた。短いクラクション。

車の中では二人とも口を開かなかった。あさみは越前のことが忘れられず、彼の言葉の意図を胸の内でしきりに考えていた。これまでどれほど思い続けてきたことか。彼はずっと思わせぶりばかりで、『話がある』などとは一度も言ったことがなかった。なのに、なぜ今になって？　山川に関して嫉妬でも芽生えたというのか。『僕はこんなことは嫌いだ』――そのとおり。嫉妬など、誰でも嫌いだ。そこで遅ればせながら、あさみに対して特別な感情が頭をもたげてきた、と？

隣の理緒子を見た。窓からじっと外を見ている。いったい全体どうしたというのだろう。よほどのことがあるらしいのはわかるが、それがどんなことなのか、見当がつかなくなってしまった。いずれにしろ、理緒子のためならひと肌もふた肌も脱ごうとは思っている。こんなに理緒子を物思いに沈ませているその問題が、たとえ越前、あるいは山川を横取りされることであったとしても（まあ、あり得ない話だが）、自分は友のためにこの身を犠牲にするだろう。それからはいつもの白日夢——ありもしないさまざまな困難な状況を考え出しては、勇敢に友を助ける美しい友情を思い描いて、物語にうっとりするという空想癖が続き、タクシーに揺られながら、越前の言葉の余韻はどこへ行ったかと思うほど、奇妙きてれつな夢想に入り込んでいくのだった。

駅近くのファミリーレストランの前でタクシーを止めた。もっと洒落たレストランも知っているし、中学の同級生が副店長をしているバーも頭に浮かんだが、夢想に浸っている間に曲がる角を通り過ぎてしまい、Uターンしてたどり着くよう道順を説明するのが億劫だった。

そこは〝ゴーヒーおかわり自由〟のファミレスで、山川と一緒に入ったときには二人合わせて12杯もがぶ飲みし、おなかをタポンタポンにして出てきたものだ。

「あんたの話から聞くわ」

理緒子がおしぼりを取って言った。そして、あさみの赤くなっている頬を容赦なくじろじろ眺めた。これから話すことに恥ずかしさを感じて、あさみの頬は赤外線ストーブに当たったみたいにほてっていたのだ。

「あんたは山川さんに会ったし、そのあとで越前さんも見た、わよね」

あさみは破いたおしぼりの半透明の袋を畳んだり、広げたり、結んだりしながら話した。

「その二人について感想を聞こうとは思わないの。そんなのは聞きたくない。理緒子の男性の好みを知っているし、それはあたしには合わないのがわかっているから。それに理緒子の言葉って、あたしにはとても強い影響力を持っているというのもわかっているから。ほかのことなら喜んで意見を聞いて参考にさせてもらうけど、この結婚問題に関してだけは自分で決めたいの。どうしてかって言うと、わかり切っていること、あたしが結婚するんだから。その人と結婚生活をこれからずっと送っていかなきゃならないのは、あたしであって、理緒子じゃないんだから」

理緒子は頬をかすかに耳のほうへ引っ張って、薄ら笑いとも見えるものを浮かべた。

「いまあたしの心の中で起こっている葛藤みたいなものを、鋭いあんたのことだから、ちゃんと見抜いていて、何か言いたくてたまらないんでしょうけど、いっさい何も言わないで聞いて。いい？　山川さんとの婚約を、もう一度あたしの頭の中で白紙に戻して考えてみようと思っているの。そしてそれは、あたし一人に考えさせてほしいの。一週間か十日……もっとかかるかもしれないけれど、山川さんをそう長いことだましてもおけないし、早く心を決めなきゃいけないと思ってる。そして……今度決めたら、決して、二度と迷わないために、もうアスダンスはやらないわ。選ばなかったもう一人の男性に会いたくないから」

「会えば、また迷うから。でしょ？　そして、あんたの心はどっちにしてもその程度なわけよ。でしょ？」

「ううん。夢中で好きなのはどっちなのか、わかっているわ」

固縛《かた》りした袋を空《から》の灰皿に放り込んだ。「ただ、さっきから言ってるように、自分の力で結婚する相手を決めようとしているの。ひとりで静かに、じっくり時間をかけて考えてみたいの。何年も考えてきたじゃない、なんて言わないで。ほんとは理緒子の意見を聞いてみたくてたまらないのよ。でも、あたしを責めるでしょ？　優柔不断なあたしをバカにするでしょ？　一年かけて考えてきた決心が、ここへ来てぐらついていることだけでも、あたし自身大変なショックを受けているんだから、これ以上自己嫌悪に陥りたくない……。だから何も言わないで」

飲み物と料理が運ばれてきた。理緒子がワイングラスをかかげた。浮かない顔で考え事にふけるあさみも、気づいて手に取りグラスを合わせた。真正面にある理緒子の銀杏の形をした二重《ふたえ》の目がグラス越しにあさみを見ており、片側の持ち上がった唇が軽い力を込めて結ばれている。普段まともに相手を見ることの少ない理緒子。普通・平凡・安泰に興味がなく、おなかを抱えるほど笑わせてくれるユーモアか、突飛な出来事、究極の真実、そういうものにしか関心のない理緒子。そんな彼女がいったいどうしちゃったんだろう。あさみには不可解極まりなかった。

「あたしのこと、呆れ果てて笑ってるのかもしれないけど、話だけはわかってもらえたかしら？　なんで黙ってるの？」

「黙ってろと言ったじゃないの」

「じゃ、わかってくれたのね。あたしの話はそれだけ。それだけと言ったって、あたしには大変なものなんだけど、言葉にしたら『それだけ』。さあ、それじゃ理緒子のお話を聞きましょうか。話して」

「まず腹ごしらえからよ」

熱いピザパイを半分コにした。飴やチョコを口にしたせいで食欲がなかったが、理緒子の手前、頑張ってつついた。

「聞いても驚かないでよ」

「今まで驚き尽くしてきたもの、理緒子のことでは。男だろうと、赤ちゃんだろうと、ほかのどんな騒ぎだろうと、もう、何でもござれだわ。あたしにできることなら、いつでも力を貸してあげる。それで?」

「あたしの話は、あんたのいやがるあの二人のことに触れないでは語れないんだけど――最後にはね。なるべくそうしないで話してみるけど、あんたにはショックだと思うのよ。だから、すぐに返事をしないでもらいたいの」

「あたしの返事が要るの？」

「要るの。さっき、一週間か十日、って言ったわね。ちょうどそれぐらいがいいわ。それこそ一人でじっくり考えるのね。そして答えが出たら、あたしに返事をちょうだい。手紙でも電話でもいいわ。いい返事を待ってる」

「何を返事しろって言うの？　何が言いたいんだか、さっぱりわからないわ。わかるように話して」

「あんたにプロポーズしてるのよ。手っ取り早く言えば、そんな言葉しかないわ」

「誰がプロポーズしてるんですって？」

「あたしが、よ」

「冗談でしょ！　変なこと言わないでちょうだい。あたしはもう、おとなしくお茶なんか引っ掛けられて笑ってるお人好しじゃないんだから」

「本気よ、あさみ。あんたと一緒に楽しく世の中を笑い飛ばしながら暮らしたいの。二人でアパート借りて——今のあたしの所じゃちょっと狭過ぎるから、空気のいい鎌倉あたりに」

あさみはぶるっと震えてワインをこぼし、グラスをテーブルに置いた。心臓はひっくり返っていたが、幸いグラスは無事に着地した。

「そんなバカみたいな話がありますか！　信じないわ。いったい何が言いたいの？　何があったの？」

「言いたいことをズバリ言ってるわよ。待って。早とちりしないで。あんたに性的な興味があるわけじゃないの。ただ、長い人生を一緒に生きていかないか、っていう話。これについてはようく考えてもらいたいのよ、言うまでもないでしょうけどさ。あたしは考えたわ、いろいろいろいろ」

理緒子はフォークでサラダをつついた。「結婚して、別れて、男達と絡み合って、堕胎・死産・流産して、ずっと考え続けてきたわよ。人間には男と女がいて、結婚すると男が夫になって女が妻になる。だけど、夫に向かない男だっているのよ。妻に向かない女だって」

口の中にキュウリやニンジンが入っていても、理緒子の早っちゃべりは速度が落ちなかった。「逆に妻に向いてる男が世の中にはいるのよね。知らない？　夫に向いてる女だってさ。誤解しないで。セックスのことを言ってるんじゃないの。気質のことを言ってるの。役向き、とかね。結婚してみてわかったわ。あたしとあいつは両方とも、譲るとか折れるってことを知らないから、会った当初から喧嘩ばっかりだった。結婚したらよくなるかと思ったら、ますますひどくなった。当たり前だったわ。だって、そこには〝あるじ〟が二人いたんだから。あたしが〝妻〟の柄じゃなかったのね。だから夫婦じゃなくて〝夫夫〟だってこと」

「屁理屈言わないで。あんたと同じくらいきつい性格の女性だって、円満な結婚生活を送っている人がいるじゃない。なんてまあ男顔負けの女性なんだろう、と思っても、ちゃんと旦那さんも子供もいる、っていう人がいるでしょ」

「やってける人はやってけるんでしょ。それに女が夫なら、男が妻の〝婦夫〟だっているでしょうしね」

「そんなゴッタクで、あたしをあんたの家政婦とか召使いみたいにしようというのね。絶対にイヤよ。いったいどこで狂っちゃったの。コンピューターっていうのは、深入りすると人間性を壊してしまうって聞いたけど」

「すぐに返事をしないで、っていうあたしの頼みを忘れた？　あんたの言うとおり、確かに仕事が忙しくて日常の世話をしてくれるハウスキーパーが欲しくなった、っちゃ欲しくなったんだわ。一人ぐらい養う経済力だってあるしさ。でもそれだけじゃないの。あんたほどあたしに合う人間が、この広い世の中に居ないんだわ。あんたと一緒なら、いつもおかしくしていられて、この世界にも飽きない気がする。大笑いすることがいっぱいあるわよ。どう？　一緒に暮らす気になった？」

「ならないわ！　とんでもない！　面白おかしいことだけが人生じゃないわ。あたしには両親がいるのよ。孫のことだって楽しみにしてる。あたしは男性に嫁ぐの」

「あたしにだって両親がいるわよ。子供なら自由に作ればいいじゃない。いくらでも外へ出て、惚れた男とセックスしてくればいいのよ。だけど、あたしの所へ戻ってきて」

「お願いだから、こんな悪い遊びはやめて。あたしをからかわないで。何を言われたって、あたしはこれから男性と結婚するの。子供ができたら夫と一緒に育てていくの。そうして結婚したって、理緒子と今までどおり友達でいることはできるじゃない。そうでしょう？　あたしはずっと理緒子と友達でいたい。信頼できて、何でも話せて、一緒にいると楽しくて、尊敬までしている友達って、そうそういるもんじゃないもの」

「あんたが結婚したら、どっぷり家の中に浸かって出てこないでしょうよ。あたしの突然の呼び出しになんか、飛んでくるもんですか。あたしにはわかるんだ。夫のため子のため、あんたはとことん尽くすでしょうよ。どいてどいて、って人をかき分けて家族の席をぶんどるようなオバサンになるのよ。その姿が今から目に見えるわ。そうなってもいいの？　そんな人生で終わりたい？　ところであんたの婚約者、あの山川とかいうヌケサクちゃん、あれは奥さん向きの男ね。あんた達が結婚したら〝婦婦〟になるわ。アハハ。でも、あっちのキザなヤツ、あの越前は遊び人だわ。夫に選ぶ男じゃないわよ。目を覚ましなさい」

「何も言わないで。もういいかげんにして。あたしは自分で考えたいって言ってるでしょ。お願いだから、そっとしておいて。あたし……もう帰りたい」

「泣くことないでしょう」

「だって、情けなくって……」

あさみはバッグから、さっき洗って絞ったハンカチを取り出した。

「じゃ、あと20分だけ付き合いなさい。お料理だって半分残ってるし」

高校生のころ、みな理緒子の後について歩いて、彼女から言葉のパンくずをもらうのを犬コロのように喜んだ。その無尽蔵の宝庫から飛び出してくるひと言ひと言が、大笑いや共鳴、憤慨や反感、感激や嘆息を一同に引き起こさなかったことはなかった。周囲にユーモアをまき散らし、奇抜さで興奮を感染させる血色の悪い片上がりの口。人に理緒子の目で物を見させてしまうという魔力を持つ、唇が荒れてガサガサした、野性味のある口。あれから十年以上たってもまだ、その口から発せられる言葉に驚かされる。

「理緒子は……あたしのどこをそんなに気に入ってくれてるの？」

「日に干した布団の匂い、ってとこかな」

「ずいぶん所帯じみたイメージなのね。家庭的っていうこと？」

「そうよ。いい奥さんになるわ。服や宝石で飾り立てなくたって、そこにそうしているだけで、人にやすらぎとか感じさせるのよ。それに、あんたは自分で一生懸命ものを考える。そうね、そこが一番気に入ってるとこかな。あたしの人生には、あんたの考える言葉が必要なんだ。あたしと全然違う頭を持ってるから、ときどきハッと考えさせられる。いろんな真面目があるけど、あんたの真面目が一番好きだな。あたしがぶっ飛んでれば、灯台みたいに陸へ帰してくれる」

「どうして〝友達〟のままじゃダメなの？」

「さっき言ったでしょ。あんたが家庭に入ったら、あたしとは疎遠になるに決まってる」

「疎遠にしない、って約束したら？」

「疎遠になるのよ。わかんない？　長年会わなかったら、あたしだって人生に流されて、たぶんあんたから離れていくわ。ふと気づくと、お互い遠い存在になってるの。会って話をしたって、立っている土台が違うから、理解し合えないほどかけ離れてしまうのよ。あんたが昨日会ったっていう和代もそんなだし、第一あたしの妹達がそうなんだから。年を追うごとに人はみんな変わっていくの。住む世界が違えば違うほど、その状態が長く続けば続くほど、考え方や感じ方がバランバランになっていくのよ」

理緒子の妹達は、一人が嫁ぎ、下《した》が両親と暮らしていると聞く。「末の妹とは元々考え方が違い過ぎて、ののしり合ってばっかでさ。顔を合わせなきゃなんないときには、もうお互い口もきかなくなったわね。親達がよくあの子と暮らしてられるもんだ、って感心するわよ」

「理緒子はね、あたしのことを買いかぶっているんだと思う。あたしを認めてくれるのはうれしいけれど、あたし自身はちっとも心安らかじゃないの」

「今は恋愛に翻弄されてるからね。早いとこ、そこから抜け出してきなさい」

「抜け出す、というものじゃないと思うけど。理緒子は抜け出せたの？」

「キザな言い方をするとね、〝愛〟という家を見て回ってさ、あたしは長いこと〝恋〟という部屋にいたんだな。だけど、そこが大荒れのひどい吹きっさらしだったから、ほかの部屋を覗いたの。そして一番居心地のいい部屋を見つけたのよ。やっとわかった。あたしは奥さんになって、しおしおと尽くすタイプでもなければ、家事や育児に精出すタイプでもない。夫と協力して幸せな家庭を築くってタイプじゃないのよ。浮気に目くじらたてたり、めそめそしたり、ベッドで待ちあぐねたり、夫のボーナスや昇進にやきもきしたり、転勤にくっついていったりさ、そんな女房には絶対になれない。あたしは、あたしに付いてきてくれる人が欲しいんだ。そんな人と一緒に生きていきたいと思うわけ。そして、そんな男なんていないのよ。いたにしても、たとえばあの山川のお坊ちゃん、彼とあたしの組み合わせなんて、考えられる？　彼を旦那にするんだったら、あんたを奥さんにしたほうが、よっぽど納得がいって、あたしの気持ちとしては満足なんだわ」

「理緒子が自分の気持ちとしてそれで満足なのは、わかった。でもあたしの気持ちのほうは、考えてくれてないでしょう」

「考えてるわよ。あのね、あんたには弱点があるの。わかるんだ。あんたは自分で物事を考えるんだけど、いっつも最後の詰めが甘いのね。詰められないのよ。そこであたしの出番が来る。最後はあたしが考えて答えを出してあげる。二人合わせたら鬼に金棒。完璧。わかんない？」

「わかんない。あたしには全然理解できない。あたしにそういう弱点があるのは自分でもわかってるし、理緒子がそこを穴埋めしてくれて助かったこともたくさんあると思う。あたし達二人合わせて完璧、って言われてすっごくうれしい。でもそれ全部〝友情〟ということでおさまるでしょう？　なにもあたしが結婚を取りやめなくたって。妹さん達のことは知らないけど、そういう友情をずっと抱いていられる、理緒子と無二の親友でいられる自信があたしにはあるの。一緒に暮らさなくたって、あたしは理緒子が困っていたら、いつでも飛んでいく。結婚して子供ができたって、理緒子のことは絶対に忘れない。一生忘れないわ」

「それはわかってる。あんたの友情を疑ってるんじゃないの。こんなに性格が合うんだから、だったら一緒に暮らしていこう、と言ってるの」

「同性の人と一生共同生活をしていくなんて、年を取ったらそれもいいかもしれないけれど、20代からなんて、イヤーよ。あたしはそういう種類の人間じゃないもの。あたしに弱点はいっぱいあるでしょうけど、それでもあたしは今、まともな結婚がしたいの。早く赤ちゃんが欲しいわ。もう高齢出産なんだから時間がない、とてもあんたの思い付きにかかわってる暇はないの。十年前だったら、そうね、楽しそうなおままごとのつもりで乗ったかもしれないけど」

「十年前には、あんたと暮らそうなんて、これっぽっちも考えちゃいなかったわ。この十年で学んだのよ。あんたの赤ちゃんのことなら、何回も言うけど、産みたいだけ産みなさいってば。たまにちょっとだけなら、あたし、見ててあげてもいいわよ」

「もうやめて。理緒子の言いたいことはよくわかった。でも、今ここではっきりお断りしておく。『ノー』よ」

「すぐに答えを出さないでって言ったでしょ。よく考えてちょうだい。そして一週間後に返事を聞かせて。一週間後の返事なら、それだったらしょうがない、ダメでも黙って受け入れるわ」

「一週間後も十日後も、返事は同じ。それであんたの友情の気持ちが壊れるというなら、これはもう、あたしには致し方ないことだわ。だから、あんたのお相手には和代でもさなえでも、ほかの人を選んでくれない？　あたしはきっぱりお断りする。一週間も考えてなんかいられない。それでなくてもあたしには、いま大至急考えなきゃいけないことがあるんだから、そっちで手いっぱいなの」

「あたしのためならひと肌脱いでくれるって言ったくせに、薄情者。でもまあ、とにかく待ってるわ。十日後までには電話ちょうだい。いまノーと言ったって、あんたは考えるでしょうよ。越前か山川か、山川か越前か、それともあたしか、って。だってあの二人は、どっちもあんたには向かないもん」

「やめて！　もう、いいかげんにして」

「越前と恋しなさい。でもあたしの所へ帰ってきなさい。あたしだってまた恋をするかもしれない。でも必ずあんたの所へ戻ってくるわ。恋なんてのはトリップみたいなもんだから行っても行かなくても同じ。短い散歩。長くたって、せいぜい3年がいいとこだわね。あたしに必要なのはそんなものじゃないの。セックスしてれば幸せ、っていう女じゃ、もうないのよ。今あたしが求めるものはね、おなかの底から信頼できる〝相棒〟だわ」

相棒。その言葉からは、捕まっても裏切らない仲間という、泥棒稼業同士の絆みたいなものが想起される。だが理緒子の口から出てきたそれには、もっと柔らかい、深い意味合いがあるように感じられた。

「あんたとあたしって、ほんと、何もかもがピッタリ合ってるのよね。あんたもそう思うでしょ？　あたしに付いてきなさい、あさみ。二人一組で長い人生に挑んでいこ？　あんたはいま越前に心が傾いてるんだろうけど、あいつと結婚したって、いいことないわよ。男と女の間に待ってるのは感情のもつれの大団円だけよ。真に共感するとか、本当に理解し合う、ってことがあると思う？　つかの間の、せいぜい3年の恋心がなくなったら、そのあと何が残ると思ってる？　自分の頭でよく考えてみなさい。異性の間に真の意味の〝魂のふれあい〟って、あると思う？　あるのは欲情のふれあいよ。錯覚か、あきらめか、計算か、この三つのうちのどれかでない結婚なんて、あると思う？　目を拭《ぬぐ》って考えなさい。

結婚なんて、どうでもしないじゃいられないのがいるんだから、その人達に任せておけばいいの。あたし達は別の道を進も？」

言い方は柔らかかったが、言葉の奥には、触れれば手を切る鋭さが感じられ、あさみは胸ぐらをぐいとつかまれる気分がした。頭を突き抜ける衝撃。全身がチリチリむずがゆくなる焦慮。両肘を固く脇につけて耐え忍ぶ不安。理緒子の言葉のどれもが、ただ一つのことを訴えて叫ぶ一語に集約された。プロポーズ――。あさみは長いこと息を吸い、体じゅうの力が抜けていくような深いため息をついた。

「まあ、とにかく十日後ね。自分で自分の心を決めてから、両親に話しなさい。あんたの父親には会ったことがないから、どういう人か知らないけど、あの母親ときたら、あれぐらいひどい化石はほかにいないわね。絶対に相談しちゃダメよ。ひと蹴りでぶっ潰されるでしょうから、母親にだけは、決心したあとで話しなさい」

あさみは動揺を抑え、反論を呑み込み、何かを考えることを自分に拒否し続けて目を落とした。

「こんなこと、親になんか言えない。このお話自体、言語道断、あたしは何も聞かなかったことにする。いっさい何も」

理緒子は外の暗い通りに視線を移した。グラスをはさんで両手の指を組み、何かを考えていたが、タクシーの中でのようなわけのわからないふうではなく、行き場所はわかっているのだが道順をどうたどろうか、と思案するふうだった。目の前では交差点の信号が目まぐるしく変わり、ライトをつけた車が切れ目なく左右に流れていた。

「もう一度言うけど、十日後、電話待ってるわ」

「十日後も何もない、あんたの変わった人生にあたしを巻き込まないで。お願い。ほかのことなら何でも相談に乗るけど、これぱっかりは乗るわけにいかない。あんたは、その……あたしがお嫁に行ってしまうことが寂しいのかもしれないけど、どこへ行ったって、あんたへのあたしの友情は変わらない――」

「十日間考えなさい、って言ってるでしょ。ね、あさみ、あたしと一緒に生きていこう？唯一、幸せになる方法をつかむか逃すか、一生に一度の考えどきよ。……あさみ？〝イエス〟の返事を待ってるわ。ノー、とあんたが言うはずない」

「なんて自信なの」

あさみは背もたれにぶつかるまでお尻を後ろへずらした。残る力をかき集め、湧き上がる魂の叫びを吐き出さずにはいられない——我慢の限界が来ていた。「自分の言ってることが、どんなに常軌を逸しているか、どんなにわがまま勝手か、あんたのほうこそ考えるべきだと思うわ。第一、世間がどう見ると思うの？　社会通念を無視して、周りに逆らって、自分の思いどおり気ままに生きていくことは、最初は簡単かもしれないけれど、想像を絶して大変なことよ。並たいていの風当たりじゃないでしょう。あんたが平気でも、あたしは辛くて耐えられない。もちろんあたしを選んでくれたことは、感謝するし、うれしく思ってる。でも、あたし達はとっくに娘時代を過ぎた、いい大人なの。責任と義務を負って生涯の生活設計を立てなきゃならない、ギリギリの時期に来てると思うの。陳腐な言い方だけど、世間一般のならわしに従って身を処すのでなければ、漂っているような、落ち着かない、安らげない気持ちを、一生抱き続けるでしょう、って思うわ。特にあたしみたいな、いつも人に頼っていたがる者には、法律にも世間にも両親にも認められた結婚だけが、心の安定を与えてくれる確かな道だと思うの。だから本当はもっと早く嫁ぎたかったんだけれど、こればっかりは焦ってもダメなのね。あんたが結婚したときには羨ましかったわ。置いてかれてしまった気がして、寂しかった。でも、あんたはあたしのように弱くないし、人に頼る気持ちもないから、何でも好きなようにやってみたらいいのよ。ただし、対象をあたしにしないで。ほかの人を見つけてちょうだい。だけど相手の人のことも、少しは考えてあげなければね。あたしはこんなことには耐えられない。それが新しい時代の生き方だとしても、そんなにすぐにパッと頭が切り替わらない」

「世間、常識、みてくれ。反吐《へど》が出るほど嫌いな言葉だけど、あんたがそこにこだわるのは、わからないじゃないわ。あんたの不満は、たった一個だけよ。あたしが男じゃない、ってことでしょ」

「で、でも、それって、重大なことだと思うわ」

「じゃ、一つ聞かせて。恋愛感情を抜きにして、人間そのものだけを考えて。あたしと、山川、越前、この3人のうちで、あんたは誰が一番自分に合ってると思う?」

「そんなことわからないわ。答えられない。恋人と親友とで、どちらが自分に合うかなんて、答えられる人がいる? 恋人と親では? 親と親友では? そんなもの、比べようがないのよ」

「あるのよ。抽象論を言ってるんじゃないの。恋愛か友情か肉親愛か、を尋ねてるんじゃないの。越前か、山川か、あたしか、を聞いてるの。親か親友かと問われたら困るけど、これから一緒に暮らす相手に、あたしのママか、パパか、あんたか、を問われたら、あたしは答えられるわ。わかんない？　その人が持ってる特質とか、人間性とか、魂とか、そういう話をしてるの。親が偽善者や泥棒であったって、あたしは愛するでしょう。親なんだから。でも、人間として見て、親であったって気に入らないものは気に入らない、って批判はするわ。そういう意味で、あんたはあたしをどう思っているのか、そこが聞きたい。越前や山川と同列？　あたしのどこを見て、今まで付き合ってきてくれたの？　あんたにとってあたしは、さなえや和代と同列？」

「同列じゃないわ。あの人達とは当たり障りのない世間話をするだけ。特に和代のことは、実を言うとあたし、あんまり好きじゃないの。昨日一緒に母校へ行ったんだけど、再婚した旦那さんのことを〝赤の他人〟と言ったりするの。それはあんたも言いそうなことだけど、何て言うか、あんたは怒りからとか、分析するときに使うのね。でも和代はそうじゃないの。うまく言えないんだけど、ただあのときあたし、ゾッとする冷たさを彼女に感じたの。

だけどね、あんたがあったかい人だって思ってるわけじゃないの。あたしが惹かれるわけは、冷たいとか優しいとかいうことじゃなくて――普通の人にないものをあんたはたくさん持っている。のほほんと生きていない。笑ったり怒ったり、突飛な人生を突き進みながら、でも確かな信念を持っている。求めるものがその先に必ず存在することを疑わない信念を持っていて、気が強くて、つまずくことを恐れない。本当に頼もしいと思ってるわ。そんなふうに生きる姿を見て、今までどんなに励まされてきたかしれない。あたしにとって、それほど世の中は怖いものだったの。

理緒子に出会う前のあたしって、一人じゃ教室の戸も開けられない女の子……五分遅刻したら教室に入る勇気も出せない、いつもまわりにビクビクしている女の子だったの。ほかの人とやることが違ったらどうしよう、って常に考えてるナントカ恐怖症。ビビりで異常なはにかみ屋。ほんとに弱虫だったの。それが理緒子に出会って、世界ってこんなに明るくて、こんなに自由で、こんなに簡単で、こんなに楽しい所だったんだ、って百八十度ひっくり返った目で見ることができるようになった。抑え込まれて、ぴっちり枠にはめられて、虫みたいに縮こまっていた気持ちが、急に広い所に解放されて、のびのびと息を吸い込んだって感じだったの。あの高校の3年間は、毎日毎日が驚きと発見と笑いに満ちて、あたしはようやく〝生きる〟ってことを始めたような気がしたわ。あたしの中に眠っていたものが外へ出てきて、本当に何でもできるように思い始めたの。それも、だんだんにじゃなくて、パアーッと、勢いよくいっぺんに花開いた、って感じ。それほど理緒子はあたしの心に強烈な印象を、これでもか、これでもかって、日々刻み続けたの。そして、今なおこうして驚かされている。ほんとにあんたって人は、いつもあたしの凡庸な想像のはるか上を行く人なんだわ」

「だから？」

「だから、そんなわけで、ほかの誰よりも大事な人なの。とりとめのないこの広い世界、まさにここに、理緒子も一緒に同じ命を与えられて、あたしの近くに生きているんだ、って、そう思うだけでも勇気や力を与えられる。そういう大事な人なの。……この〝リオコ〟って名前の響き。あのころクラスの誰にとってもそうだったと思うけれど、特にあたしにとっては手の届かない大きな星、嵐に負けない船、千年も倒れない巨木、そんな意味を持っていたわ。今でもそれは変わらない。そんな理緒子と近しい友達になれて、すごくうれしい。希望を見失って、立ち上がる気力をなくしてしまったとき、何度目をつぶってあんたのことを思い起こしたかしれない。理緒子ならどうやってこれを切り抜けるだろうか、って考えなかったことはない。お嫁に行っても失いたくない、電話さえかければいつでも声が聞ける、呼べば来てくれる、いつまでもそんな近い友達であってほしい、って心から思ってる。あんたに替えられる人なんて、どこにもいない……」

あさみはハンカチをどこにしまったか、あちこち探した。理緒子は手を上げてウエイトレスを呼んだ。

「グラスワイン、おかわり二つ。それから、明太子のスパゲティ一つと、お取り皿二枚。そうね、だいたいあさみの気持ちはわかった。シッ。黙って。もう何も言わなくていい。今からはしゃべりっこなし。うちへ帰ってから、一人でゆっくり考えるのよ。答えは十日後に。それが何であっても……黙って受け入れるわ。涙なんか拭きなさいよ。あんたはすぐそうやってめそめそするから、もう、やんなっちゃう」

3章　いきなりの四つ角

　家に帰ってくると、母がキッチンで米とぎをしていた。

「帰りは山川さんと一緒じゃなかったの？　まだ戻られませんか、ってお電話があったわよ」

「友達とちょっと話があったから、彼とは別だったの。これハッサク？　甘い？」

　理緒子の名前は軽々しく口に出せなかった。理緒子と電話をかけ合うことにも、母はいやな顔をする。母は理緒子が大嫌いだ。


　理緒子が純潔を失った日。それをあさみはグループの何人かとともに、理緒子自身の口から聞いた。大学生になってからだ。もっとも高校のころから理緒子の男性関係は数が多くて、聞く側の頭がおかしくなるほどもつれにもつれていた。高校一年で妊娠して退学させられた同級生が一人いたが、そこまでは行かなかったものの、まじめなお嬢様学校という評判の校風からは、理緒子は最初からまったくはみ出した存在だった。「あらどうしよう、同じ日にデートが二つ重なっちゃった」などと空とぼけながら、大いに楽しんでいた。だがデートという言葉は、このころにはまだ深い意味を持っていなかったとあさみは考える。誰かが自分と一緒について来ても構わない、という単に楽しいスケジュールに過ぎなかっただろう。

卒業後、文科系のあさみと別れて理数系の有名な私立大学へ進んだ理緒子から、最初の文化祭にグループで招待された。理緒子はギタークラブに入会して数ヶ月しかたっておらず、まだうまく弾けなかったため、伴奏に合わせて数曲、一人中央に立って歌を歌った。先輩の女子学生らを差し置いて、入会したての理緒子をどうしてもステージに立たせたかった男子達が周りでギターを弾いていたが、そのたるんだ顔つきのほうが、あさみにはずっと印象的だった。そっけなく歌い終わると、観客よりもその男子達のほうが熱して拍手したが、理緒子は女子高時代と変わらず、そんな拍手に慣れ切った様子であごを上げ、次の曲に入るまでの間物憂げに観客席を眺めていた。そんな態度がいっそう男子達を熱狂させるのだろう、歌が終了してから腰を折らんばかりに一人が近寄ってきてマイクでおべっかを垂れ流す姿は、観客には見良いものではなかった。

理緒子は美人だろうか。あさみはそう思わない。なぜといえば、欠陥のない顔こそ美しいのであって、個性は醜いうちの一つの呼び名だと思っていたからだ。第一に理緒子の肌は浅黒い。笑うと、小さくて細い鼻の両横にしわが寄る。頬っぺたはほとんどふくらんでおらず、真ん中にニキビが二つ三つ。口は一方が上に持ち上がっている。唇は厚く、ぽってり突き出して血色が悪い。あごは尖っている。長くて細い首から鋭角に突き出た、靴のつま先を思わせるような黄色いあごだ。そのあごを上に上げている状態が理緒子の普段の姿勢であるため、二重まぶたの目はいつも涼し気に世の中を見下ろしている。体つきは肩幅が狭く、痩せて骨っぽい。腰は細くてきゃしゃだ。逆子で生まれたために股関節がもともと完全でないというが、見た目にはそれがわからない。

美しい、とあさみが思う所もある。天井を見ずに横を向いて夜寝るので、きれいに形が整った頭と、頭の両脇にぴったりくっついた耳だ。そのため硬質の黒髪が、額から襟足まで完全な半球を作っている。しかし、彼女の中で最も美しいと感じるのは、好奇心をかき立てられればたちまち対象物に向かって輝き出す瞳だ。笑いが爆発すると躍り上がる目の表情。ユーモアを求めてチラチラ揺れ、速い頭の回転につれて機敏に動く視線。だが平生は高い所から見下ろして無聊《ぶりょう》に苦しんでいる。理緒子の強い個性は、しかし、人の視線を顔の表面にとどめておかない。一瞬にして内側へ引きずり込んでしまう吸引力を持っているのだ。その個性の中から燐光のように放たれる美。それを見抜く眼識が、卒業したあとになってやっとあさみにも備わってきた、と言えるのかもしれない。

その文化祭が終わって何日もたたないうちに、日本茶を出す喫茶店で会ったとき、理緒子は同級生の男子達との目まぐるしい恋物語を語って聞かせた。四人で四角いテーブルについたが、低い小さなテーブルだったので、あんこ入りの和菓子を食べながら、三つの頭が額を寄せるように理緒子のほうへ集まった。

――ギタークラブ合宿先のユースホステルの集会場で、リーダーが準備してきたというゲームが始まった。男女が背中合わせになったまま、間《あいだ》に（本当は座布団を挟むところ、より背中を密着させるため）一枚のコピー用紙を挟んで運び、ホールの反対側の壁にタッチしたら戻ってくる。紙を落としたらスタート地点に戻ってやり直し、というものだ。ペアを作るとき、女子学生の側からだけ相手の男子学生を指名でき、指名された男子は自分を指名した女子が誰かを、その場で言い当てなければならない、当たればペア成立、当たらなければ不成立で2度目の指名に回る、というルール。女子学生達はそれぞれ自分用の番号の小さな紙片にお気に入りの男子学生の名を書き、リーダーの持つ箱に入れた。そのあとリーダーは箱を揺すって紙片を取り出し、番号と名を読み上げる。名を呼ばれた男子は、勘《かん》または当てずっぽうで女子の名を叫ぶ。ずばりそれが的中した者達のペアが、次々に成立していった。

「ええ、次、8番が『B君』。え?——Bって、来てたっけ?」

この場にいない者の名が出てきたとき、突然「やめよう! 面白くない」と誰かが叫んだ。叫んだ者は立ち上がって中央へ走り、リーダーの手から紙片を取り上げた。どうするのかと皆が見守る中、彼は箱ごと持って集会場を出ていき、それきり戻ってこなかった。『B君』の筆跡を調べられたからといって、別段理緒子は困らなかった。箱を持ち去った者とは、暗いベンチ、芝生の上、植木の陰で若い愛が営まれる真夜中の渋谷へ、よく一緒に行った仲だ。とはいえ、薄暗い中に白い肌が見えるたび、理緒子は笑いころげて、俺達もやろうよ、という彼の誘いには、いやだ、と答えていたのだから、ここで知られたって困ることもなかった。ただ、こうした成り行きをかなり楽しんだには違いない。その後ゲームは大混乱になり、中止になったとか――。

理緒子は恋を空気のように吸い、ドラマやスリルの妙味に舌つづみを打った。理緒子にとって恋愛とは、複数の思惑の愉快極まりない絡み合いのただ中に入る、という意味だったのかもしれない。一種のパズルみたいに。だが実は、コップに注ぎ続ければいつかはあふれ出すように、それはゆっくりと熟していくものだったようだ。

「それで、どうなったの？」

理緒子が言葉を切るので、仲間3人はじれったそうに先を促した。

「好きな人に求められてよ、我慢することができると思う？」

理緒子は顔を引き、反語の抑揚で難しい問いを投げかけた。誰も返事ができなかった。経験していないことを問われた場合、答える前に状況を想像する時間が必要だからだ。皆に考えさせておいて、理緒子は話が終わったのでお茶を飲んだ。

「その人を好きだったの?」

あさみが尋ねた。理緒子の目がサッと動いて、斜め向かいの声の主を見た。静かな軽蔑のこもった声の調子と、非難する目の色に対して、理緒子は尖ったあごをぐいと上げた。

「そうよ」

「B君が好きだったんじゃないの?」

「B君も好きよ。でも、こっちも好き。いろいろ気が変わるのよ。この人ひと筋ってタイプじゃないの、あたしは。毎日毎日波乱万丈の出来事が起こるの。一週間たつと、まるであたりの風景が変わってるんだから」

驚いて見つめてくるあさみの目を嫌って、理緒子は舌を出した。「ベー、だ。あんたみたいな時代遅れのコンコンチキにはわかんないでしょうよ」

「わかんないことはないけど、それじゃ、普通の女の子と同じじゃないの。理緒子は奇想天外で、世にもユニークな人だと思っていたけど、それじゃ、あたし達と変わらない普通の女の子だったのね。あたし達よりよけいモテるってだけの——」

理緒子の目が興味を起こして輝いた。

「あたしが奇想天外？」

他の二人が、あさみの言葉をまともに聞いたのに、理緒子の口から出た同じ言葉にはおかしみを感じて吹き出した。

「平凡なあたし達と違って、理緒子は独創の才能と、生きる力にとても恵まれている人。だから、ずっとあれこれ人生を相談できる友達だ、って思ってたのに……」

「つまり、男と寝る前にあさみを思い出せ、って？」

傍らの二人が声を立てて笑った。

それからあとの理緒子は、もう、次から次へと名前を覚える暇がないほどすさまじい男性遍歴をやらかした。初めて妊娠したときには、あさみが付いていった。

「お母さんは知ってるの？」

と、あさみが聞くと、

「もちろんよ。話したら、すぐおろしてきなさい、ってお金をくれたわ。簡単なんだって」

しかし、数時間後に産婦人科から出てきたときには、理緒子は別な考えにとらわれていた。頭の中だけでなく身をもって、快楽の世界と屈辱の世界とがつながっていることを思い知ったのだ。

そのあと用心したのかどうか、あさみにはわからなかった。「なに泣いてんのよ」と、最初はあさみの頭をたたいて、口やかましい堅物ババア、などとののしっていたものの、あまりあさみが悲しがるので、だんだんその種のことは話さなくなったからだ。理緒子の近況をほかの友達が知っていて、あさみだけが知らないというのは、確かにさみしいことには違いなかった。だがそれでも、尻軽女も同然のあしたふしだらさを見せられるよりは、何も知らないほうがいいと思った。心は穏やかで、以前どおりに理緒子を好きでいられたから。

理緒子の結婚は唐突だった。

「一緒んなろう、一緒んなろう、ってあいつがうるさいのよ。俺よりもっといいのがいると思ってるのか、って言うから、そうよ、って答えてやったら、そんなヤツいないよ、だって」

やっとこれで理緒子も落ち着くものと、あさみは心から安堵し、大はしゃぎで祝福した。

「新婚旅行はどこ？　Kさんて、あたしの知ってる人？　でもずいぶん急に決めたのね。

ねえ、どこに住むの？」

受話器からは生返事しか聞こえてこなかったので、あさみは無粋な質問を繰り返した。理緒子は言いたくなさそうだったが、しまいに口からガムを飛ばすように白状した。

「おなかに子供がいるのよ。でなきゃ、どこのバカが暑い8月に式なんか挙げるもんですか」

あさみにとっても、あの日々のことは壮絶な地獄の闘いとしてしか思い出せない。理緒子夫婦のどちらが仕掛けてどちらが買うやら、明けても暮れても喧嘩、喧嘩の新婚生活。実家へ逃げかえっても追いかけてくる、と言い、

「ちょっとかくまってよ」

と、息せき切った理緒子の3秒の電話。真夜中のタクシー。あさみの家の玄関を入るや、あさみの母と理緒子の切り口上のやり合い。そこへ、なぜ知れたのか、Kからの電話。駆け出す理緒子をあさみが追った。母の叫び。裸足で飛び出し、身重の体で走った国道。追い付いた母のかなきり声。大混乱。激情。罵声。あのとき誰か一人でも、相手の言葉に耳を傾け、沈着に行動できた者がいただろうか。「お母さんなんか、大っ嫌い」と、あさみ

でさえ喚き散らしていた。ああ、今ここに父がいてくれたら、と思った。父はその年、大阪に赴任していた。

理緒子は結局、暑い夏の盛りに結婚し、その夏の終わりに別れ、木枯らしが吹くころ赤んぼを死産した。自分の母親の手をつかんで握りつぶさんばかりに痛がり、苦しんで、苦しみ抜いて、生死をさまよった理緒子……。

相手のKは後悔していた。理緒子を愛するあまりに、その入り組んだ感情の爆発を自分の内にとどめておけず、妻に八つ当たりした結果がこうなった。彼は理緒子がどこの病院に入院しているのか知らなかった。それであさみに電話をかけてきた。あさみは彼を非難し、病院の名を教えることを拒んだ。

母親に付き添われて遠い地方の病院に一ヶ月余り入院したのち、理緒子は帰ってきた。だが実家にひと月と落ち着かず、貯金をはたいて一人ハワイへ旅立っていった。

Kは理緒子を一年間も探していた。その期間、脅すように、頼み込むように、泣きつくように、しつこくあさみに電話をかけてきた。だが、大きな台風の去った或る朝、彼はひと言こう告げて切った。

「もう安心してくれ、と伝えてください。こっちも気が変わった、と」

これを最後に、何がどうなったのか、二度と彼からかかってくることはなかった。

理緒子は一人のアメリカ人を連れてハワイから戻り、川崎で彼と同棲生活を始めた。再び身ごもり、流産し、そして別れた。その後横浜に来て手ごろなアパートを見つけ、新しいコンピューター会社に入社した。男性の名前はCだのDだのEだのと、相変わらず会話によく出てきた。しかし口調は軽くなり、あさみが聞いても耳ざわりでなくなった。むしろ頼もしさとか爽やかさまで感じるくらいになった。なんだか悟りを開いたみたいだ、と思った。ここ4年ばかりに関しては、理緒子が夢中になって恋した相手はコンピューターだったのじゃないだろうか。会社でいじっているのに飽き足らず、自分のワンルームマンションに、ガラクタを整理してパソコンをでんと据えた。休日それで遊んで過ごすうち、数十万の印税とやらが入るほどのプログラムを作り上げてしまった。

「やっと自分の道を見つけた、って感じだわ」

頭脳を持て余して飽きっぽかった理緒子には、薬局で客相手に薬を売るよりも（短期間で終わったが、Kと始めた商売が薬局だった）、人間の体に似せた人形ならぬ、人間の頭脳に似せたコンピューターと取っ組むほうが、よほど性に合っていたのかもしれない。

あさみの母は、あんな不良娘はいないと思い込んでいる。以前、理緒子に貸した水着が返ってきたのを見たとき、それをひったくって怒鳴ったものだ。

「こういうものを貸し借りしてはいけません！　悪い病気でもうつされたらどうするの。この水着はもう捨てますからね」

かつてあさみのバースデーパーティーにやって来た理緒子を評して「一番利発そうな眼《め》をしていて、あの子、ステキな女性になるわ」と、自分でほめたことなど覚えていない。


「食べてごらんなさい。おいしいハッサクよ。『お土産です』ってお隣からいただいたの」

「お父さんは帰ってらしてる?」

「ええ。今お風呂」

風呂場の戸をたたいて帰宅を父に知らせた。「楽しかったか?」という声に、「すっごく」

と、明るく答えた。

荷物を抱えたまま、しっかりした足取りで階段をのぼった。感情を開放できる場所にたどり着くまでは必死に我慢するのだと考えていたわけではなかったが、二階の自分の部屋のドアを開けたとき、バーン、とシンバルが頭の中で鳴り響いたように今日の衝撃が襲ってきた。顔の筋肉から力という力、張りという張りが失せ、あごが垂れ下がったようになって、文字どおり愕然となってしまった。それまでの気の動転の揺り戻しというより、『プロポーズ』という言葉を理緒子から聞いて3時間たったいま初めて、実際にそれが耳の穴から頭の中へ入り、ようやく意味をなしたかのようだった。体全体を揺さぶられる感じがして、あさみはベッドの端につかまった。何をどう、どこからどう、考えたらいいのかわからなかった。

「お父さんのあと、お風呂に入りますか、あさみ?」

下から母の呼ぶ声がした。「それとも、お酒を飲んでいるんでしょうから、今夜は入るのをやめておく? どっちにするの、あさみ。聞こえているの?」

ああ、自分はいまお酒に酔っているんだ、と気がついた。それで幾分気持ちが楽になり、ベッドに座り込んだ。酔っているんだから、今夜は何も考えないほうがいいのだ。何も考えまい、酔っているんだから。そうだ、お風呂に入ろう。明日は越前さんと会うのだし……。明日だった？　違う。電話がかかってくるんだった。このあたしに話、って何の話だろう。ううん。だいたいわかってる。理緒子の話ほどギョッとはならないだろう。理緒子、か。なんて人だろう、まったく。隣のおじいさんがあたしにプロポーズしたって、これほどには驚かない。あー、今は考えるのやめよう。頭が痛くなる。ハッサクでも口に入れてお風呂に入ろう。明日越前さんに会うまで――明日じゃなくて……ええと、いつだったっけ。なんで思い出せないんだろう……。

翌朝になると、ゆうべあんなに乱れたのが不思議なくらい気分は落ち着き、頭はすっきりして、考えは頭の中のあるべき場所にちゃんと収まっている感じがした。一年間考えて結論はすでに出ている。自分は山川と結婚するのだ。うちうちだが、もうその約束を交わした。越前と二人きりで会おう、と一瞬でも思ったとは、なんと嘆かわしい恥ずべき愚かなことだっただろう。そのうえ理緒子に弄《もてあそ》ばれて、山川のことを仮にも悪く考えたとは。

いや、悪く考えたわけではない。そんなことはしなかった。理緒子と比べることを強いられただけだ。比較にならないものを比較して答えたり――いまは後悔している。人間とは単純なものだ。特に自分のような人間は。結んでいた口を開《ひら》くときには、小さいなりに決意して話を始めるのだが、開《あ》いている口なら、開《あ》いているついでに、思わぬことまでしゃべってしまう……。

ゆうべ山川をほったらかしにしたことも謝りたいし、今週中、できれば――ええと、今日が月曜で『一直《いっちょく》、二直《にちょく》、三直《さんちょく》、明《あ》け、休《やす》、休』と、あさみは指を折って数えた。できれば〝明け〟の木曜か、翌〝休み〟の金曜に彼に会いたい。そして、W先生に電話して、サークルを退会することにしよう。ダンスをしていても気持ちが惑わされるばかりで、ちっともいいことはない。どうせ二、三年後に赤ちゃんができたらやめるつもりでいたのだから、それが少し早まっただけだと思えば、未練も少ない。山川に会って相談したあと、さっそくW先生に退会届を出そう。そして御挨拶に伺う最後の日、この婚約をみんなに発表して祝福してもらおう。

朝のラッシュにもまれて会社へ向かいながら、こうした勤めももう辞めてしまおう、と考えた。早く結婚してしまいたい。もう迷うまい。いくら迷っても同じこと。この先一年たったって二年たったたって、ただグルグルと際限なく堂々巡りするだけ。もうくたびれた。二度と迷うまい。

その日の夜、うちへ帰り着く早々、越前から電話がかかってきた。受話器をあさみに手渡すとき、母は変な顔をした。

越前という名は、あさみのここ二、三年の〝片思いの人〟として家の中では有名だった。以前、連絡網の電話が越前から流れてきたのがちょうど夕飯どきのことで、あさみはその名を聞いた途端、手に取ろうとしていた味噌汁のお椀を持ちそこなって引っくり返した。家族みんなが興味しんしんに耳をそばだてる食卓の横で（唯一の固定電話がダイニングキッチンにあるのだ）、首まで真っ赤にしながら彼の電話を受けた。以来、越前さんから電話よ、と言われただけで飛び上がることを知られてしまい、母にも弟にも、いい冷やかしの材料を与えることになった。

そんな時代も終わった。山川との結婚を決めたからだ。

食卓がジュウジュウとうるさかったので、あさみはドアを開け、長い電話線を引っ張ってきて寒い廊下に出た。

「いいえ、だめなんです」

開いたドアの近くに母が立って聞いている。あさみはしゃべる言葉に不自由しながら、二人で会って話をすることを断った。越前がしつこく食い下がってくる。こんなことをする人じゃないのに。彼の声が母に漏れ聞こえないよう、受話器を耳に痛いほどピッタリ押し付けた。

「僕は独占欲が強いんだ。口が下手なんだけども。言ってること、わかる?」

「いいえ、全然わかりません。それじゃ、これで失礼します」

「来月の第3日曜日、予定があいてたら僕を手伝ってくれる気はない? 仙台まで教えに行かなけりゃならないんだ。前から頼まれているんだけど、パートナーが見つからなくてね。早く決めてワークショップの練習に入りたいんだ」

「あたしはそんなことできません。どうぞほかの方を探してください。じゃ、おやすみなさい」

「いま帰ってきたばかりなの？」

「ええ……」

「会社は楽しい？」

「楽しいこともあれば、そうじゃないことも」

「ダンスのほうが楽しい？」

「それはもちろん。でも、もうダンスもやめようと思っているんです。まだ先生にはお話ししてないんですけれど」

「どうしてやめるの？」

「あたし……結婚するんです」

しばらく何の声も聞こえてこなかった。びっくりしているようだった。あさみの息が乱れた。決定的な言葉を口に出した途端に、皮肉なもので、越前への恋慕がこみ上げてくる。だが、ドアの陰に母がいたおかげで、自分を抑えることができ、持ちこたえられた。

「相手は山川？」

ついに越前が尋ねた。

「はい」

「じゃ、僕はフラれたんだね」

「何をおっしゃいますか。あのかわいい人、美代子ちゃんはどうなさいました？　うちのサークルはやめられたけど、お元気なのかしら」

当てこすりを言おうと思ったわけではないが、ついそんなふうに口から出てしまった。

「知らない」

越前は嫌悪を込めて吐き捨てるように言った。少女の名は彼の傷口に触れるものなのだろう。彼がいかに少女に悪いことをしたか、ということだ。

「岩田くん。一度だけ、僕と会ってほしいんだけど。頼むから」

こんな下手《したで》に出るとは意外だった。あの越前ともあろう伊達男が。それをはねつけるのは忍びない気がする、と同時に、彼のような男に『頼むから』と言わせたことには、なんとも言えない優越感を覚えた。一方で、こんな電話をしていては良くない、という思いもあるにはあったが、ガチャンと受話器を置くほど強くはなかった。

「いえ……お会いすることはできません」

ここまでのあさみの言葉から、ドアの陰の母に事情がわかってしまったらしい。ドアを半分閉め、廊下へ出てきて心配そうにあさみの横顔を見守り始めた。

母は山川が好きだ。あさみが悩んできた年月、口を極めて彼をほめ続けた。一人娘あさみのために、この結婚を何が何でも実らせたいと考えている。

山川は幾度もこのうちにやってきた。父や兄とも会って、その愛想の良さと抜群の健康体、明るい性格のほかに、彼の故郷の名古屋土産などで満点に近い点数を稼いでいる。一方の越前はこのうちに来たことなどない。サークルで大人気のインストラクター、ステキなダンサー、あさみの憧れの人、として家族に名を知られているだけだ。

やっと電話が切れたので、母に向かって眉を上げた。面倒くさい、とか、ホッとした、というジェスチャーのつもりだったが、内心では心残りな、なにか惜しい感じもするのだった。

早く山川から電話がかかってこないかと思いながら、部屋着に着替え、蒸気の立ち込めたすき焼きの食卓に着く。弟も会社から帰りたてのようで、卵を割りながら口笛を吹いていた。父は熱燗を横に、子供達のための肉を一枚一枚はがして鉄鍋に入れ始めた。

山川は職場からよく電話をかけてくる。昨日がサイクルの終わりの休みだったので、いま『一直』の勤務についているところだ。『一直～休』の一連の勤務サイクルを、この十年間一度として、病気や遊びではもちろん、いかなる用事でも乱したことがないという。あさみの家族も、そこを一番かっていた。偉いな、とあさみも感心するところだ。いつひねってもパッと電気がつくのは、昼夜働き続けている人がいるからだ、と有り難さに気づいたのも、山川に出会ってその誠実な精勤ぶりに感服してからのこと。営業マン等によく見られる、売り上げを伸ばすことしか頭にない仕事の鬼というのではなく、山川は義務として定められたことを定められた分だけ、何をおいても遂行するコツコツ型の勤勉タイプだ。まるで彼自身が電気そのものであるみたいに、大変な働きをしていても普段は存在が忘れられ、たまに気づいて有り難がられても、すぐに慣れて、あるのが当たり前になってしまう。つければすぐついて、消せばすぐ消える。日光の明るさには及びもつかないが、素直で、単調で、真面目——生真面目過ぎる、黄色い淡い光を、毎日毎日放ち続ける。

これまでに山川とデートして訪れた場所を、もし理緒子に話したら「何よ、それ」と、さぞ笑われることだろう。訪れた回数の多い順から言えば、電力会社所有の体育館がトップ、次に彼の仕事場、あとはスケート場、ボウリング場、プール、と続く。映画を見たり、銀ブラをしたり、浜辺をそぞろ歩いたりしたことはまだない。彼の趣味のうちで一番似合わないものがアスダンスであるほど、どれもこれも地味で健全で活動的だ。もちろんアスダンスは健全で活動的だが、地味ではない。

体育館には30回以上も連れていってもらい、バドミントンやテニスや卓球をした。仕事場には「ここを見回っているんだよ」と言いながら案内してくれる。巨大な機械の周りを巡り、覚えきれないほどのスイッチを、行くたびにいちいち初めから説明してくれる。まるで工場見学みたいに。大きな円卓を囲む職場仲間にも（まったく男ばかりの職場だ）紹介された。ダンスサークルでと同じようにここでも山川が、何でも気安く頼める便利な、したがって愛すべき男として受け入れられているのを、あさみはわずかな会話から察したものだ。

「去年の夏、山川くんは岡下んとこのハチの巣を2千円で取っ払ってやったんだってな。

俺んとこもやってくれんかな？　きのう30センチぐらいのヤツを軒下に見つけたんだわ。スズメバチだと思うな、あれぁ。業者に頼むと1万円ぐらい取られるからなぁ。頼むよ、ちーとばかし時間を作ってくれんか？」

　巨大な海水の吸い込み口に自然と引っかかってくる魚を、深夜の夜食にみんなで焼いて食べるんだよ、イシダイ、サケ、それからイカやタコもかかってさ、中でもカレイの刺身は最高にうまいよ、などと得意になってあさみに話しながら、山川は円卓を振り向いて応えた。

「いいですよ、やりますよ」

　彼の優しい性格は、手に取るようにわかりやすかった。

「肉が食べごろだぞ」

と、父が言った。

「お話が決まったら、途端にモテ始めたらしいわね、あさみは」

母が言った。父に何か問いを発してもらいたいような、思わせぶりな物言いだ。いま越前の名を聞くことは、母には心穏やかでないらしい。あさみのわざとらしいジェスチャーよりも、きちんと不安を取り除いてもらいたいようである。だが、二つ目の卵を割りながら、弟がちゃかしてしまった。

「よかったね、姉さん。生涯に一度ぐらいモテる時期があってさ」

父は気づかない様子でとっくりを振り、手酌をした。

夕飯の後片付けの最中に電話が鳴った。居間から母がやってきたが、あさみが急いで濡れたゴム手袋を剥ぎ取り、笑顔を母に見せた。

「山川さんよ、きっと。もしもし――あ、はい」

あ、はい――なんと嘘つきな声音だっただろう。母が首を引っ込めるまで、あさみはニコニコしながら「はい――はい――」と相づちを打っていた。なぜそうしたのか、自分でもわからない。電話の相手は越前だった。

「ありがとう。本当にいいんだね。明日7時、西口だよ」

「はい……あ、待って。お願いがあるんです、車ではいらっしゃらないでください。電車で」

車ではどこに連れて行かれるかわからない。

「わかった。電車で行く」

電話が切れてから、ゆっくりと受話器を置いた。頭の中がぼっーとなって、しばらく立ち尽くしていた。考えにふけりながらゴム手袋をはめて蛇口をひねったとき、また電話が鳴った。母が顔を出さないうちにあわてて取った。

「ああ、はい」

と、さっきの続きででもあるかのように声を出した。山川と話しながら、目の前のカレンダーを見て『イッチョク、ニチョク、サンチョク——』と数え、明日・明後日《あさって》は絶対に山川の体があかない安全な日なんだ、と何度も自分に言い聞かせている。

「はい……はい……ええ、いいわ」

山川とは明々後日《しあさって》木曜日の夜会うことになった。土曜日が彼の妹の結婚式で、彼は名古屋に帰らねばならない。土曜のダンス例会には出席できないため、その前に会わなければ、また次の『アケ』まで会えないことになる。

その夜、布団に入ってからちっとも寝つかれず、とうとう2時ごろ起き出して、牛乳をカップに一杯温めた。どてらを羽織り、ブランデーを垂らした熱いカップを両手の中に包みながら、一時間ほども自責の念にかられていた。だが、この胸のどこかが確かに舞い上がっている心地は、否定のしようがない。牛乳をもう一杯温め、ブランデーを今度はたっぷり入れて、高ぶる神経を静めようとした。

4章　抗えない恋心

翌火曜の夕方、横浜の西口は混んでいた。越前は肩にスポーティな房飾りのある黒っぽいダスターコートの襟を立ててウエストをベルトで締め、両手をポケットに突っ込んで現れた。レストランに入ってそれを脱ぐと、下は紺のストライプの新しい背広だった。山川と店に入ると、何を食べよう、どっちにしよう、でもあっちがいい、などとなかなか決まらないのだが、越前は席に座るとメニューを見ずに二人分の料理を注文した。あさみに尋ねたのは飲み物の種類だけだ。

ナイフとフォークを動かしながら、越前は盛んにダンスサークルや自分の会社の話をした。――「先週の例会、ちょっと僕、不機嫌だったから反省してるんだ。前の晩に、会社のお金28万円の入ったカバンをタクシーに置き忘れちゃってさ、次の朝気が付いてすぐタクシー会社に問い合わせたら、どうも僕の次に乗った客に盗《と》られたみたいで、出てこなかったんだよ。結局僕が自腹切って穴埋めしなきゃならなかった」「僕はさ、日曜の夜に自分のサークルを持ってるんだけど、立ち上げてまだ年数がたってないから、会員が初心者ばかりでさ、つまんないと言やつまんないんだ。僕がダンスを教えることが好きだというのは、自分が覚えたてで、まだその習得過程に興味がある間だけの話なんだ。すっかり習得してしまった暁には、うまく踊れるということが当然の状態になる。その瞬間から、もう古い習得過程のことには興味がなくなるんだよ。そんな状態で人に初歩から教えなけりゃならない場合、しかも生徒の呑み込みの悪さのために、さらに数回にわたって同じ言葉を繰り返さなくちゃならない、それでも笑顔でいなくちゃならない場合、僕にはもう辛い修行でしかなくなるんだ。教える喜びもなく、ただ苛立たしさをひた隠しにする苦行でしかなくなる。参るよ。だからW先生のところでワークショップさせてもらえるってのは、僕には少なからずストレス解消になってるのさ。覚えのいい古参がたくさんいるからね」「僕はこっちへ来る前、つまり3年前まではずっと東京のかの大御所先生のサークルに通っていた。けど、こっちのWっていう先生の噂を聞いてさ、実際来てみて驚いたよ。彼女は学生時代に社交ダンス部に入ってたってことだから、しっかりした基礎が身についているんだな。教わりたくて、すぐに乗り換えたよ。あの大御所先生の所にいくらいたって上手《うま》くならないさ。あの人が教えるのは二次元の足型だけだ。あんなところに7年もいて大損した気分さ」「いや、君の踊りはすごくいいよ。だけど、君にはもっと別なことを要求する。君はもっときれいになる。もっとずっときれいになる」「君の脚は前から見てもまっすぐだけど、横から見てもまっすぐなんだ。そんな子、なかなかいないよ。それから、ちょっとしたポーズのつけ方さ。それが完璧と言ってもいいぐらいなんだね。驚きだよ」

越前はいっこうに本筋に入らなかった。こちらが山川と結婚するとわかっているのに、その話がちっとも出てこない。食事が終わるまで、あさみは彼のおしゃべりに笑ったり、明かされる本音にびっくりしたりした。だが、言わなければならないことをきちんと言おうと決心して、自分はここへやってきたのだ。

「おいしいお食事をおごってもらったけれど、でも、あたし……越前さんにはだまされませんから。お電話でも言いましたけど、あたしは山川さんと婚約しました。そういう身なのに、ほかの男の人とこうしてお食事したりして、なんだか自分が悪女みたいに思えて、気持ちが落ち着かないんですけど、でも、ちゃんとしなくちゃいけないと思っています。あたしは美代子ちゃんみたいな子供じゃありませんから」

あさみを見つめていた越前の目がわずかに下に落ち、首が垂れた。

「美代か……。実を言うとさ、金曜の夜──金曜と言ってもずいぶん前だ。あれ？と思うほど幼い文面の手紙をもらうようになってから半月ぐらいしたあとだったかな。彼女に電話かけてデートに誘ったんだ。あのかわいい子に僕が恋情を抱いていたのは確かだよ。一緒君にフラれたと思っていたからさ。美代は二つ返事で、行く行く、と乗ってくれた。一緒にバスに揺られたいってさ。その夜はウキウキして寝たよ。そして翌日、喜び勇んで出かけた。ところが、何のことはない、行きのバスの中で早くも、自分がどんな人間のためにウキウキしたのかがわかった。天使のような顔立ちにだまされてしまったのさ。あんな頭の貧しいノータリンにのぼせ上がったのかと思うと、情けないやら、嘆かわしいやら、自分のバカさかげんに呆れ返って、腹立ちがおさまらなかったよ。それまで甘い夢を見てトロンとなってた僕は、引っぱたかれたように目が覚めた」

聞けば、待ち合わせのバス停に現れた美代子というのが、頭に〝でか耳〟の被り物をかぶり、触るたびにキュンキュンと音の出るウサギ形のバッグを持ち、おまけに着ている服のそこかしこに色とりどりのボンボンが（自分で縫い付けたのだろうか）くっついているといった〝よそゆき〟のいでたちだったのだそうだ。おままごとでも始めそうなそんな少女と二人並んでバスの座席に座り、顔から火が出るほど恥ずかしかった越前は、精いっぱい父と娘のような顔を作ろうと苦心したと言う。行先も半島の岬から急きょ遊園地に変えた、とか。

「そして、僕は再び君に目を向けた」

越前は見事に自分の心を開いてみせた。あさみは胸が高鳴るのを感じたが、悟られないようにし、あるべき自分の立ち位置に立っていようと頑張った。

「越前さんの気持ちも、あたしはただわかるっていうだけで、『美代子ちゃんにちょっかいを出したら、思っていたのと違ったので捨てた』――どう弁解しても、その事実は消えないと思います。まだ10代の美代子ちゃんが傷ついてかわいそうだった、という気持ちは、いくら越前さんのお話を聞いても消すことができません。だって、そのあと越前さんは一ケ月以上も例会休んで、彼女をほったらかしにしたでしょう？　ご自分のサークルのほうは休まずに続けてらしたそうなのに。だからあれは、美代子ちゃんの未練を振り払おうという魂胆からだったんじゃありません？　そんな終わらせ方って、やっぱり卑怯だと思います」

「一ヶ月以上？　……ああ、あれか」

越前には言い分がありそうだった。「忙しかったんだ」

「ええ、そうでしょう。男の人はいつもお仕事が最優先ですもの。それはわかります」

「そう？」

ぼやけた返答だ。もう切り上げたほうがいいとあさみは考えた。どんどん彼の術中にはまっていく怖さと不安があった。少し袖をめくって時計を見、隣に置いてあるコートを引き寄せた。越前はそれを見て窓から外をうかがい、伝票を探した。

店を出ると、越前が誘ってきた。

「体があったまったから、少し歩こう」

あさみは断るつもりで口を開いたが、正直な足が彼の後ろについていってしまった。

街灯の明るい大通りから外れてわき道に入ると、越前は歩調をゆるめ、ぜひ聞いてもらいたいというように真剣な口調で話し始めた。

「僕はかつて一人の男をクビにしたことがあるんだ。そして今回はベテランの女性社員をクビにした。先日その処理がすべて終わったんだよ。そこへ行くまでには大変だった。おっと、内緒の話だよ、これは。だから人に漏らさないでね。その50代のベテランの女ってのは、10年以上にもわたって悪事を重ねていたんだ。手口が巧妙だったから、誰にもわからなかった。それが発覚したのはまったくの偶然でね。キャンセル待ちの人をマイクで順番に呼んで搭乗させていたとき、空席分を数えてちょうど切れた所というのが、5歳の男の子の前だったんだ。あれれ、親とはぐれたんだろうか、と思ってアナウンスで男の子を呼び出した。すると大人の男が現れた。彼は半額の料金で乗ろうとしていたことになる。だが、ちゃんと大人の料金を支払った、と彼は言うんだ。実際支払った証拠があった。これはどういうわけだ、ってことで僕が調べることになった。そうしたら、搭乗券を売ったベテランの女性社員が半分着服していたことがわかったんだ。

それを上に報告すると、彼女を辞めさせることになった。だが、辞めてくれ、と言えば、30年も勤めていたから、かなりの退職金を出さなきゃならない。しかし退職金を出さずに懲戒処分で解雇するには、はっきりした証拠をそろえなきゃならなくてね。それで僕が内密に彼女の余罪を追及する担当に任命されたんだ。

僕が例会を休んでたころというのは、毎日毎日、僕一人ずっと残業で、0時を過ぎなきゃ帰れなかった時期なんだ。なぜって、ほかの社員のいる前ではできない仕事だったからね。みんなが帰ったあと、たった一人で十数年分の書類を調べ上げてさ、彼女の過去の悪行を一つ一つ洗い出した。一ヶ月以上かかっちゃったよ。彼女の着服は相当な額にのぼってサ、やっと先月クビにすることができたんだ」

あさみはびっくりして薄暗い中、何度も越前を見上げながら話を聞いた。

「どうして警察に訴えて、そちらで調べてもらわなかったんですか?」

「警察ざたにはできなかった。身内にそんな犯罪者がいたなんて、公にして会社の名を汚すわけにいかなかったのさ。長年勤めたベテランだったしね。警察が家宅捜索に来る、新聞沙汰になる、株価は下がる、株主に叩かれる、そんな大騒ぎになんかしたくなかったのサ。そういうわけで、残業続きがやっと終わって例会に出てきてみたら、美代がやめていた」

胸のすくような正義の行動——決断するのが苦手な女にとって、これほど頼れる男性像はそう見ることがない。単なる業務上のミッションの遂行を、あさみはそのように混同しながら、胸のうちで何か溶け出すものがあるのを感じていた。

「越前さんがそんなお仕事をなさってらしたなんて、知りませんでした。そんな立派なことをなさる方だったなんて」

「君の目に僕はどう見えていたの？」

「プレイボーイ。誰が見てもプレイボーイです」

「少し違うとわかってくれた？」

「今わかっても、もう遅い……」

「遅い？　どうだろう、岩田くん。君ももう一度気持ちを白紙にして、まっさらな目で僕を見直してもらえないだろうか」

越前が立ち止まった。あたりは暗かった。あさみには抵抗しようという気持ちがなくなっていた。ダスターコートの腕に抱き寄せられ、優しいキスを唇に受ける。それから、マフラーをちょっとどかして首筋に、マシュマロのように柔らかな接吻。あさみはまぶたが開《あ》けられないほどうっとりし、体がとろけてしまいそうだった。

「僕は思うよ」

越前は狂おしい言葉とともに、あさみの背中をぐるぐるさすった。「太陽に君の周りを回らせたい。太陽に君の周りを回らせたい。僕は本当にそう思うんだ」

あさみはコートを通して感じる大きな手のひらの感触が、言いようもなくうれしく、舞い上がっていく気持ちを抑えられなかった。だが、意を決して震える唇を開《ひら》き、越前の胸に顔をうずめたまま確かな声で尋ねた。

「はっきりさせておきたいんです。これはプロポーズですか？」

大きくうなずく越前のあごの動きが、あさみの髪を通して伝わった。顔を上げると、彼の目が微笑んでいた。彼はもう言葉を続けない。あさみの中に自然と満ちるものを根気よく待っている、そんな笑みに見えた。

キスはあさみにとって二度目の経験だ。会社に入りたてのころ一度だけ、同期の男性と交わしたことがある。あのときは二人でバス停に向かって駆けていた。熱海の保養所での研修の日、何時何分のバスに乗らなければ会議に遅れてしまう、という午後だった。彼が先を走り、あさみはその後ろから息を切らして走っていた。彼は振り返り振り返り、あさみを気づかって速度を落としたが、突然ストップをかけて立ち止まった。そして、ぶつかってきたあさみを抱きとめ、サッと唇を合わせてしまった。時間がないということ、人が通って見ていくということ、そういう状況が若者の欲望をサディスティックにかきたてたのかもしれない。慌ただしい、それでいて映画のワンシーンみたいにロマンチックなキスだった。7年前のあさみは素朴に興奮したものだ。その後まもなく彼は別の女性と結婚した。もしかしたらあの時、彼はすでに婚約している身だったのかもしれない、と考えたのは数年後のことだ。

山川とはまだキスを交わしていない。おそらく彼には、こちらから唇を差し出してやらねばならないのだろう。

山川……。越前という人間は、知れば知るほど奥が深くて、掘れば掘るほどびっくりさせられる。だけど山川のほうは、どこにも掘る所がない。彼が何を考えているか、あさみにはすぐわかってしまう。バナナを食べる彼は、もう一本食べることしか考えていない。自分でも「僕には裏表《うらおもて》がないんだ。これっきりの人間だよ」と表明する。しかし、『自分』が『これ一つしかない』と宣言する表《おもて》だけの人間を、あさみは手放しで称賛することができない。人間なんて、そんな簡単なものじゃないんじゃないかと思うし、中身がもっといろいろあってほしいと思う。

だが、ここでごちゃごちゃ考えるのはやめにしよう。いま、あさみにとって確かなことが一つあるのだから。幸せに満たされて歩いている、という――。

「山川と僕、君がどちらを取るかは自由だ」

そう言いながら、あさみがどちらを取るのか、聞くまでもなくわかっている、といった強い自信が感じられた。

天にも昇るような思いの中にあって、山川への申し訳なさとは別に、あさみには小さな気がかりが二つあった。一つは、さあ、どちらを取るか今聞かせてくれないか、と越前が迫らないことだ。つまり、もう少し踏み込んでほしい、もう少し強引であってもいい、とあさみは内心思っていた。だが、それは彼の優しさなのかもしれない、と考え直した。もう一つは、彼の手があさみの腰にあることだった。肩を抱かれながら歩くことが、今のあさみの気持ちにピッタリ合っていたのだが、彼は腰を抱いていた。腰骨をはさむように、親指を前側に、他の指をお尻のほうに向けて、自分のほうへきつく引き寄せていた。そのため、くすぐったいのと、彼の手を通して自分の歩く腿の動きを自分で感じるという奇妙な感触に戸惑っていた。

「これで、もうダンスをやめるなんて言わないね？　例会には来るね？」

あさみは、はい、と従順にうなずいた。

そのあと越前は別の話をした。彼としては、言うことを言い終わって当面の目的を果たし、あとはくだけた笑い話のつもりだったのかもしれない。しかしその話は、あさみには笑えなかった。だから返事も感想も言えなかった。そして、これ以上ひと気のない暗い路地をぶらぶらしてはいけない、と思い始めた。さりげなさを装いながら、あるべき方向へと誘導し、角を曲がり、駅前の明るい通りに戻ってきた。

「今度の例会に山川は来るの？」

「いいえ」

道行く人の目が気になり、越前から体を離そうと試みた。が、彼はしっかり引き寄せて離してくれなかった。

「仕事か」

「いいえ、お仕事ではなくて、妹さんの――」

あさみはハッと言いやめ、越前の手を自分の腰から（ムードをぶち壊す勢いで）振り払い、飛びのいて体を離した。父の背の高い姿がデパートの華やかなウィンドウの前に見えたのだ。なんでこんな所に父が？　テレビドラマでもあるまいし、よりによってこんなときに出くわすなんて。今まで一度だって会社の帰りに会ったことはなかったのに。連れでもいるのだろうか。いや、一人で歩いている。こちらへ向かってくる。もう避けられないし、そうしてはいけない。

「父を紹介します」

越前に向かってあさみが言うと、彼は驚いた顔になった。

「お父さんと一緒だったの？」

今キスしたばかりの女にポケットからおしゃぶりでも取り出されたかというような呆れ顔だった。

「いいえ、そういうわけじゃ。偶然に向こうから……。お父さん！　お父さん！」

こちらから呼びかけることで、父に対してこの状況を正当化できるような気がし、あさみは人込みを縫って父を捕まえに行った。こそこそしているところを見つかるよりずっといい。おやおや、あさみじゃないか、どうしたんだ。お父さんこそ、どうしてここにいるの？　なに、会社の女の子達にごちそうして、今タクシーに乗せたところだよ。

「で、おまえは彼氏とデートなんだね」

当然のことだが、父は山川のことを指していた。

「きょうは、あの人は――山川さんは違うの。ちょっと来て、お父さん。こちらね、アスダンスサークルでときどき講師をしてくださるインストラクターの越前さん」

その名を聞いて、父はよく驚きを隠してくれた。余計なことを言わずに愛想よく、これはこれは、娘がいつもお世話になっとりまして、とお辞儀を交わしてくれた。

「越前さん」

あさみは姿勢を正し、父の側《がわ》に立って言った。「あたし、これで父と一緒に帰ります。土曜日の例会には、いつものとおり伺いますので、またお会いできると思います」

「そうか。じゃ、僕が準備している今度の新曲は難しいから、覚悟しておきたまえね。では、失礼。失礼します、お父さん」

越前はあっさり会釈をして去っていった。堂々たる去りっぷりで、まるで、用事の途中であさみ父娘《おやこ》に出くわし、心ならずもしばし立ち止まった、とでもいうふうだった。

あさみは父と連れ立って駅のほうへ歩き出した。

「今ふうのカッコいい男だね。内ポケットには携帯用の鏡と櫛が入っているんだろうな」

娘を質問責めにして追い込むとか、母に言いつけて困らせるとか、自分の考えを娘に押しつけるとか、父はそういったことをいっさいしない人だった。ただ、ひと言ふた言感想を述べる。それというのが含蓄《がんちく》が多くて、いつもあさみにはズシリと来たものだ。たとえば、面白い男だね、と言ったとしても、その『面白い』には、いろいろな意味が込められている。悪印象が何割で、好印象が何割なのか、こちらで察するに任せるのだ。山川に会ったときの父の最初の言葉は「無難な男だね」だった。それがいつしか「なかなかいいよ」になり、今では「気のいい善良な人間だ」になっている。しかしそれでも父の真意はわからない。本当に山川を認めて、娘を嫁がせたいと思っているのか、娘が気に入って決めたのだから譲歩しているのか、わからないのだ。相談されれば助言するが、あくまでも控えめな暗示にとどめて、娘が自分でも知らずに向いている方向を不思議と察知し、何気なくそのほうへ背中を押してくれる。そんな父が、あさみは大好きだった。

「ねえ、お父さん。お父さんは一人娘のあたしをどんな人にあげたいと思っているの？」

「お父さんかい？　しかしお父さんがどんなふうに思っていようと、おまえはもう決めたんじゃなかったのかね？　そして、それが一番いいことなんだよ。自分で考えて自分で決める、ということがね」

「あたしが間違った方向へ進んでいても、お父さんは何も言ってくれないの？」

「間違った方向へ進んでいたりしたら、もちろん言うよ。だが、おまえがそう大きく間違った方向へ行ったことは、今までになかったよ」

「あたしを信じているの？」

「誰よりもおまえを信じているね。人が黒だと言っても、おまえが白だと言うなら、お父さんは白だと思うんだよ。それくらい信じているよ」

「どうして？」

「どうして？　おまえを小さいときから見てきて、お父さんなりの意見があるからさ。知らなかったのかい？」

「知らなかったわ。こう言っては悪いけど、それは親の欲目だと思うわ」

「いやはや、親の欲目か。まいったね」

「だって、あたしはとても悩んでいるのよ、お父さん。実を言うと、そうなの。自分で自分が信じられないくらいなの。そのあたしをお父さんが信じているなんて、面倒くさがり屋の親のすることとみたいだわ」

「おやおや、お父さんのことを怒っているのかい？　なんだか、いらいらしているようだね。まあ、さ、おまえが立ち行かなくなって一切がっさいをすっかりお父さんに任せる、というのならだよ、そのときにはお父さんだって頑張ってみせるよ。いや、あんまり大口をたたくのはやめておいたほうがいいかな。それに、おまえはまだそこまで行ってないしね。おまえ自身も人任せよりはとことん自分で考えるほうを選ぶだろうし、ね。違うかい？　そりゃもちろん、おまえがにっちもさっちも行かなくなったときには、そのときにはお父さんだって本気になって——おっと、電車が来た。ここは階段が近い。人がどっと降りてくるから、こっちへおいで」

やさしい父だった。電車に乗る前に、あさみは「ごめんなさい、お父さん」と謝った。

車内では人に聞かれてしまうからだ。

「いいんだよ」

と、返ってきた。

「あら、どこで一緒になられたの？」

うちに帰ってくると、母が聞いた。

「横浜でさ。食事はもう済ませてきたよ」

父が答えた。あさみと二人で済ませてきたと受け取られたのか、あさみは質問をまぬがれ、言葉を発しなくて済んだ。何か聞かれれば、越前と会った、と話しただろうし（キスのことは別として）、母に余計な心配をかけることになっただろうから、よかった。

木曜日に山川と会うことに、あさみは気が重たくなってしまった。しばらくの間は顔を合わせたくなかった。心が決まらないうちは、彼をだまし、婚約の神聖さを冒とくすることになるような気がする。何かいい口実がないものかと、あれこれ探した。残業ぐらいしか思い浮かばなかった。

木曜日の午後になって、あさみは目の前に書類を積み上げたうえで、会社から山川の独身寮に電話を入れた。寮母のおばさんが三階の一番奥の彼の部屋まで呼びに行くため、いつも一、二分待たされることを口実に、いま仕事が忙しいので今夜はとても会えそうにない、って彼に伝えてください、とおばさんに伝言を頼んだ。

誠実な小心者は、後の行動で先の言葉の尻拭いをせずにいられない。あさみは課長が退社する10時まで残り、急ぎでもない仕事を忙しがって処理したが、頭の中では、卑怯、裏切り、不人情、そんな言葉がずっと渦巻いていた。

「ずいぶん遅くまで残業してたのね」

あさみの帰った物音を聞きつけて、母が寝間着姿で起きてきた。

「何度も山川さんからお電話があったわよ。あさみの職場の内線番号、あの人ご存じないの？」

「私用で会社に電話をしちゃいけないの。よっぽどのことでない限り、かけられたあたしだって仕事中に困るもの。だから教えてないの。こっちだって山川さんの職場の内線なんか知らないし。だけど、向こうの職場からあたしの家にかける分にはいいの。だっておお仕事の合間を見計らうことができるでしょ。それに――」

なぜこうくどくど説明するのか、あさみはしゃべりながら自分の口に嫌気がさした。

「あす朝早く電話します、と言ってらしたわ。そのあと車で名古屋へ発ってしまわれるんですってよ」

「妹さんの結婚式があさっての土曜日なの。彼のお義姉《ねえ》さんのお世話なさったお見合いが実を結んだんですって。明日は朝早く発つって聞いてたけど、電話をかける時間なんてあるのかしら」

朝早い電話は短くて済む。山川からの電話に「本当にごめんなさい。ゆうべはどうしても残業で」と、繰り返していればよかったので助かった。

「この週末せっかく〝休み〟だったのに、残念だなあ。けど、しょうがないや。じゃ、行ってくるね」

「事故を起こさないように、気をつけて」

彼は明日土曜の真夜中か、日曜の朝帰ってくるだろう。日曜からはまた『一直、二直……』の六日サイクルが始まる。当分会わなくて済む。助かった。その間に自分の気持ち言いを決めなければ。

玄関であさみを見送りながら、そう言えば忘れていたけれど、と母が眉をひそめて言い足した。

「越前さんからも、ゆうべお電話があったのよ。一度だけ」

「あ、そう……」

あさみは靴をはくために屈《かが》んだ。「それで越前さん、何ですって？」

「何も。『残業しておりますの』と言ったら、『わかりました』って」

あさみは顔色を見られないようにバッグを取り上げ、行ってきまあす、と玄関を出た。のんきな口ぶりや態度とは裏腹に、頭の中は混乱を極めていた。やっぱり山川には穢《けが》れのない〝真心〟を感じるのだ。なのにあさみは、越前の〝能力〟のほうに惹かれている。会社においては彼の上司からの信頼、ダンスにおいてはズバ抜けた技術とセンス、そして頼もしい正義感や心の強さ、そういったものにどうしようもなく惹かれていく自分を感じる。人の〝心〟よりも先に、目の前の〝才能〟に自分は弱い、と気づかされる。

5章　青空、雷雲、やがて……

静かに考えるゆとりが欲しいときに限って、時間はせかせかと矢のように過ぎていく。

土曜日がやってきた。どんな顔して踊ればいいんだろう、とあさみはドキドキする胸を抱えながら、夕方5時半に公民館へ出向いて湯を沸かし、ホールの机やいすを片付け、備え付けのモップで掃除をする。6時を過ぎると、徐々に会員達がやってきた。更衣室でコスチュームに着替え、ダンスシューズを履き、いつもの愚痴や噂話に花を咲かせる。

「そしてあの人ね、越前さんの食べかけた茶饅頭をこっそり食べちゃったのよ。これって、どう思う?」

茶饅頭のことでさえ噂になる。彼とのキスを知られたら何と言われることか。あさみは落ち着かない気持ちで更衣室を出た。

会員が大方集まり、W先生が姿を見せて今年最初の例会が始まった。まず先日のニューイヤーパーティーの短い反省会をし、そのあとミキサーダンスに入った。少ない男性をぐるぐる回して、不公平のないように交代で踊る。社交ダンスとほぼ同じステップが使われるが、一曲一曲にそれぞれ決まった振り付けがあり、正しい姿勢や踊り方を習得する前に、初心者も熟練者もまず振り付けられた足型のストーリーを覚えなければならない。さもないと踊る相手に迷惑をかけ、前後のカップルにたちまちぶつかってしまう。そのため、たくさんの曲のそれぞれの振り付けを覚えなければならず、それを手助けするため、先生が曲に合わせてマイクで号令をかけるのだ。アメリカで生まれたダンスなので号令はすべて英語、先生もアマチュアだから和製英語になる。社交ダンスからすれば、基礎をないがしろにするそうしたアスダンスのベタ踊りは異様な光景に映るらしい。でもさ、三ツ星レストランやオートクチュールばかりに存在意義があるわけじゃないよ、とアスダンサー達は息巻く。

50を超えたW先生は暖房装置の横に座ったなり、自分では踊らず、寒さに身を縮めて号令をかけ続けた。会員は踊りながら皆心の中で越前を待っていた。今夜はフェーズの高いワークショップをしてくれる約束だ。航空関連の会社では、ラッキーなくじでも引かない限り土日出勤が当たり前なため、越前はなかなか8時前には例会に来られないのだが、道がすいてさえいれば7時ごろ着くこともある。

ホールのドアが開くたびに、皆振り返って見た。それが遅刻した会員だったりお茶当番の出入りだったりで、がっかりしてまた向き直る。W先生もみんなの気持ちを察し、いまに来るわよ、チョコレート持ってやってくるわよ、などと口から出まかせに気慰めを言い続けた。

8時になり、8時半になったが、越前は現れなかった。

「もうワークショップの時間がなくなっちゃったわ」

あちこちからがっかりする声が聞こえてきた。事故にでも遭ったのかしら、残業かもよ、と思い思いに話している。

とうとう9時になり、例会時間が終わってしまった。皆で椅子と机を元どおりに並べ、残ったお茶菓子を片付けて、しょうがなく帰り支度を始める。

この3時間余りのあさみの心は、自分で認めるのも恥ずかしいくらい、恋慕と怒り、切望とあきらめ、承諾と拒絶の間を振り子のように揺れ動いていた。あまりに期待が大きかったせいで、いまは疲れて力が抜け、越前を恨む気持ちでいっぱいだった。毎度このように翻弄されるのだったら、とても彼とは付き合い切れない、などと、たった一度のことを決定的な汚点に数えあげて、すっかり落ち込んだ。

W先生を手伝ってプレーヤーを片付けているときに、入り口のドアが勢いよくバタンと開いた。やけに大げさな開き方だったので、皆が振り向いた。そこには山川が立っていた。片足を開き、胸を張り、健康ではち切れそうな笑顔と、愛に輝く目をして立っていた。片手にぶら下げた黒いカバンが、いつもの半分ぐらいに小さく見えるほど、彼の体は入り口いっぱいに大きく、たくましく、太陽のようにまぶしくあさみの目に映った。

「こんばんわぁ！　遅くなりましたぁ！　こんな時間になったけど来ちゃいました」

元気な大声で先生に挨拶しながら、幸せに満ちた足取りであさみの所へやってきた。

「帰ってきたよ。東名をぶっ飛ばしてきた」

満点の答案用紙を見せる子供のように無邪気に歓喜して、あさみの所へ来た。これほどわかりやすい人間はいない。なんの計算もなく、おなかを割って愛情を全部見せる。包み隠すことや、人を疑うことなどはなから頭にない。あさみは感動して言葉が出なかった。彼とともに生きていくことは、なんと輪郭がはっきりしていて、明るくて、見通しのいいことだろう。まるで忠実な犬と暮らすみたいに。

あさみは持っていた重いレコードケースを下に降ろし、気持ちのいい彼の笑顔をしげしげと眺めた。できればキスのご褒美でもあげたい心境だった。

「びっくりしたわ。今夜は夜中に帰ってくるんじゃなかったの？　結婚式が早く終わったの？」

「いいや、予定どおりだったよ。あさみに会いたかったんだ。スピードの出し過ぎでエンジンがぶっ壊れなくてよかったよ」

あさみの心の中で何かが吹っ切れた。目の前の霧が晴れ、すがすがしい青空が広々と見えた。この場でみんなに婚約を発表してもいい、とさえ思った。

つと周囲を見ると、W先生がすぐそばでレコードプレーヤーのカバーを直していたが、顔を妙にそむけて、明らかにニヤニヤしている様子だった。幾人かの仲間も遠くから相好を崩してこちらを見ている。自分達二人は傍目《はため》にどんなふうに映ったのだろうか、とあさみは恥ずかしくなり、山川に対して無理にも姿勢を正そうとするのだった。レコードケースをまた持ち上げて倉庫に運び入れる。

「これから横浜に行こうか?」

「いいわ、行きましょう」

「どっかおいしい店に行こう。おなかがペコペコだよ」

山川の車は公民館の入り口の真ん前に止めてあった。よく見かける白っぽい軽自動車で、東名をこれで飛ばしてきたわけだ。いくら頑張ってもなかなか速度が上がらないこんな〝軽〟で。

後ろの座席には荷物が山と積まれていた。まっすぐここへ駆けつけたのだろう。

「寮に帰る暇がなかったのね」

「何がなんでも早くあさみに会いたかったんだよ」

山川は運転席に座り、浮き浮きしてエンジンをかけた。「お土産もあるんだよ。だけど、荷物のどこに入れたか、わかんなくなっちゃった。全部ほどいてみないと。あれ、半ドアだ。もう一度閉め直してごらん」

その言葉が聞こえなかったように、助手席のあさみはフロントガラスを通して前を見つめていた。赤いスポーツ車が公民館に入ろうとやってきていたのだ。暗いので誰が乗っているか見えなかったが、その派手な車から、あまりにも有名なその人だとすぐにわかった。うわァ、越前さんだァ！　と、帰りかけていた数人の会員が、赤い車のサイドガラスから見える姿に大騒ぎを始めた。やだァ、こんなに遅くちゃダメじゃないですかァ、もォ、みんな待ってたのにィ。

「ごめん。事故の渋滞に巻き込まれた」

簡単な言い訳をひと言して越前は車から降り、あたりをキョロキョロ見回した。あさみは急いでドアを閉め直し、

「早く出て」

と、山川を促した。お人好しの彼はギアを入れながら、

「越前さんに挨拶しなくていいかな」

などとつぶやいた。軽自動車は大きく振動して発車した。

大通りへ出たとき、赤い車が後ろからつけて来ているのに気がついた。その車はクラクションを、診察室をノックする程度に二度鳴らした。

「あれれ。越前さんが後ろにいるよ。止まれって言ってるのかな」

「止まらないで！　構わないで走っていって。クラクションは『さよなら』って挨拶しただけだと思うから」

鼻先の長いスポーツ車は、タイミングをみて軽自動車を追い越した。それから左右に揺れるふざけた運転をしてから、ゆっくり止まった。

「止めないで！　追い越して行っちゃって！」

「もう遅いよ。何か用があるみたいだ」

越前が車を降りて、こちらへ歩いてきた。山川はいい話でも聞けると思ったのか、大急ぎで窓ガラスを押し下げ、愛想のいい顔で迎えた。あさみは前を向いたままで、そちらを見なかった。道は暗かった。端に寄って止まった2台の車を、バスが追い越していくのをやり過ごしてから、越前は腰を後ろに引いて窓枠に手をかけた。

「ちょっと、岩田くんを貸してくれないか？」

「え？　あ……」ほんのかすかなためらいのあと、「いいですよ。どうぞどうぞ」

それから助手席に向かって、「あさみに用があるんだって」

気前のいい言葉。コーヒーをこぼされても、恋人を横取りされても、怒ることのできない、気弱で調子のいい返事。彼のようなだらしなくもおめでたい〝抜《ぬ》け作《さく》〟なら、盗っ人を追いかけて銭を渡し、両耳を殴られて詫びをいい、妻の情夫に礼を述べるだろう。

あさみは何も言わずにドアを開けて軽自動車を降りた。そして静かな怒りを込めた足取りで前方へ歩いていき、赤い車に乗り換えた。赤い車は発車し、すぐにUターンして軽快なスピードで夜の国道を飛ばしていった。あさみは後ろを振り返らなかった。しょぼしょぼ引き返していく山川の姿など、見たくなかった。

あさみが口を開かなければ越前もあえて開こうとはしてこない。この車がどこへ向かっているのか、方角はわからなかったが、目的地の見当はついた。あさみは流れる涙を越前に見られないように、わずかに顔を背けて、体が震えてくるのを懸命に抑えていた。

越前がそれを察したようだった。車のスピードが落ちた。国道からわき道にそれ、角を幾つか曲がり、やがて止まった。強行作戦を切り替えたのだろうか。彼はあさみのほうへ身を乗り出してきて、先日のように優しく抱き、ぶるぶる震えている唇に、いたわりながら接吻を始めた。長い時間をかけて、緊張した硬い唇をほぐし、柔らかくして広げた。

男の匂い。官能の世界への入り口……。

越前はもっと楽にできるように姿勢を変え、手であさみの頭の位置を直した。いかにも女の子にキスし慣れた様子がうかがえる手つきだ。あさみはハッとしたようにそれに気づいて、言い知れない屈辱感を味わった。だが抵抗もせずに、彼の舌を受け入れた。まったくもって男らしくない山川への反感から、こうした強引さをむしろうれしく思おうとした。

越前の動きが激しくなってきた。おそらく、なだめなだめ運ぼうとしていた彼の意に反してなのだろう、スカートの中に突然燃える手が滑り込んできた。あさみは——今どき18の娘でもしないことだろうが、悲鳴をあげて飛び上がってしまった。越前が我に返った。そして、あさみの首を離した。離されて初めて、後ろから首をつかまれていたことに気づいたありさまで、道具として扱われたような、いやな気持ちがあさみの心に残った。

「あたしを一番近い駅で降ろしてください……」

顔を拭い、スカートを直しながら、はっきりとした声で頼んだ。

「悪かった。こんなつもりじゃなかった」

越前はハンドルを抱くように両腕をかけて顔をうずめた。

「一番近い駅へ行ってください。そこであたしを降ろしてください」

干からびた声であさみが繰り返した。越前は顔を上げたが、こうした事態に納得がいかないようだった。こんな失敗は彼には珍しいことだったのかもしれない。ゆっくり引けば確実に手に入るものを、急ぎ過ぎて釣り逃がしてしまった……。

「そうでしょう?」

「何が、そうでしょう、だって?」

「越前さんが欲しいのは、あたしじゃなくて、女の体なんでしょう?」

「男だから、その欲望はある。だが、それ以上に君の心が欲しい。忘れたの? 僕はプロポーズしているんだよ」

暗い中で、彼はあさみの目を見分けようとしていた。街灯が反射して、うるんだ目が見えたかもしれない。あさみは前方を見つめ、静かな声で言った。

「あなたと結婚したら、あたしは泣かされてばかりいるでしょう」

「結婚したら、その誤解を解いてみせる」

「あなたの女性好きって、結婚したら治るのかしら。信じられないわ」

「誓って君を大事にする。『いいですよ、どうぞどうぞ』なんて、僕は君を渡しやしない」

山川のために、なぜこうもやられなければならないのか。どうしてこう、山川をかばわなければならない羽目に落とされてばかりいるのか。まるでいつも保護して守ってやらないと、せちがらい世間ではいじめられっ放しの子供みたいではないか、山川という男は。

「あたしに考える時間を下さい。あなたのおっしゃることはわかりましたから、今夜はこれで帰してください」

「山川には君をリードする力がない。それを頭に置いて、彼か僕か、それじゃ、ゆっくり考えたまえ」

「本当にあたしと結婚したいと思っていらっしゃるの？　真剣に受け取ってしまってもいいんですか？」

「真剣に受け取ってくれなければ困る」

「あなたに憧れている女性はたくさんいるのに、どうしてあたしを選ぶんですか？　簡単に身を許さないから？」

越前は笑って、違うさ、と言った。

「じゃ、本音を言わせてもらうけど、悪く取らないでほしい。女性と遊んだことが一度もないと言えば、嘘になる。だけど、僕も身を固める時期に来たと思うんだ。それで、君を選びたい。出会った女性達の中で、君が一番いい気立てをしている。気づくのが遅かったなんて、言わないでくれ。人を本当に知るには何年もかかるもんなんだ。僕はやっと君を見つけた」

越前は顔を近づけて、これで三回目の、心のこもった優しい短いキスをした。そしてあさみの手を握り、情愛を込めてさすった。

「駅まで送ろう。今夜、でなければ明日までに返事をくれるね？」

それはあさみが待っていた言葉だった。ひそかにうれしいため息をついたが、実際にはこう言った。

「そんなに早く？」

「迷ってる？　何を迷ってるんだ？　ここへ来て、まだ山川に未練があるのか？　君はあいつを愛しちゃいない。だって、なぜ僕のキスが受けられるんだ？　ほら、どうしてそんなにうっとり僕の——」

四回目のキスを始めたので、あさみは身をもがいて彼の腕から逃れた。あまりに甘美な感覚だったので、これ以上のぼせたら冷静に考える頭も、拒否する力もなくなってしまう。

「もう何もしないでください。お願いですから、もう帰して」

「わかった」

越前は素直にやめて座り直し、エンジンをかけた。

「いい返事を待っている。僕が真剣だということを忘れないで」


駅で降ろされると、体がふらふらしているのを感じ、しばらくホームのベンチで休んだ。越前の言うことは本当なのだろうか。2年前だったらあっさり信じて、喜び勇んで彼の胸の中に飛び込んだだろう。しかし今ではあまりに多くのことがあり過ぎて、こんな急展開には頭がついていけない。

容易なことではなかったが、舞い上がろうとする気持ちを抑え、彼の内奥、隠された本性を看破しようと試みた。そして見事に失敗した。どうしようもない恋心を抱えてベンチから立ち上がった。

「あさみ。ちょっとこちらへいらっしゃい」

家の玄関を入ったところで母に呼ばれ、六畳間に座らせられた。隣のリビングでは弟が、連れ込んだ友達とテレビを見て笑っていた。

「今まで誰と一緒だったの？」

「越前さんと」

「あなたは山川さんと婚約している身でしょう？　なのに、ほかの男の人と遊び回っていていいと思ってるの？　山川さんと何かあったの？」

「ううん……。山川さんから電話があったの？」

「二度あったわ」

「なんて言ってた？」

「聞いても教えてくれませんよ。別に何もありません、て。どうしたの、あなた達は」

「あたし達はどうしたのでもないの。山川さんはいつものとおりの山川さんで、ただ、あたしが……」

「あなたが何なの？　泣いてちゃわかりません。はっきりおっしゃい。お母さんにちゃんと話してごらんなさい」

「二、三日待って、お母さん。そしたら、話します」

「越前さんと親しくなったの？　越前さんのほうに心変わりでもしたの？」

あさみは苦しそうに膝の上にこぶしを作り、そこに涙をしたたらせていたが、ついに泣き伏してしまった。

「わからないの、お母さん——自分でもわからないの——」

こうなっては母親も怒る気をなくして、考え込みながら娘の背中をさすった。

「なんといってもお母さんは、山川さんが一番いいんじゃないかと思うんだけれど。あなたにはそう思えないのかしらねぇ」

「わからないの。頭がごちゃごちゃになってしまって……。ああ、本当にどうしたらいいんだろう」

「少し落ち着きましょう、あさみ。そうだわね、二、三日頭を冷やして、自分が納得できるまで考えてみたらいいかもしれないわね。その必要がありそうだわ。わたしもお父さんに相談してみましょう」

「お父さんは帰ってらしてるの？」

「いえ、まだ。新年会があるって言ってらしたから、今夜は午前様でしょう」

二階の自分の部屋に入って服を脱ぎながら、あさみはつくづく自分に愛想が尽きた。山川にはいいところも悪いところもある。あさみ自身だってそうだ。人間なのだから。そして、いくら考えても越前の言葉の真偽が判断できない。これはもう、二、三日どころか、一年たったって自分には決断が下せそうにない気がする。なんと優柔不断なことだろうか。優柔不断。あさみは昔からそうだった。決めるや否や、誤ったのではないか、と気を失いそうになる。自分自身の中にいつまでたっても、しっかりした見極め方とか決め方が確立しない。いつも迷って揺れている。考えを支える力がない。それに比べてあの理緒子は、なんと柱のように確かに、自分の考えを貫く力を持っていることだろう。理緒子？　ああ、そっちの問題もあったっけ。理緒子のいつものお遊びの……。

風呂に入り、ブランデー入りの熱いミルクを飲んで布団にもぐり込んだ。頭も体も疲れているのに目が冴えて、暗闇にちっとも親近感がわかない。弟の声がし、友達の帰るバイクの音がした。

無理やりまぶたを押し下げ、右に左に寝返りを打つうち、まぶたも肩も痛くなってきた。

そこで一つ発見した。どうやら右を向いているときには山川のことを考え、左を向いているときには越前のことを考えているようだ、と。

やがて、タクシーの止まる音、父が帰った物音、眠たげな母の声がした。

再び静かになったとき、電気をつけて机の上の時計を見た。午前1時50分。ベッドから起き出してどてらを捜したが見当たらず、手近にあったオーバーコートを羽織った。忍び足で階段を降り、ダイニングキッチンに入って、電気をつけずにそっとドアを閉めた。コードを伸ばして黒電話を中央の食卓に置き、寒いので足を折りたたんで椅子に座った。暗い中、手探りでダイヤルを回し、呼び出し音を7、8回聞いた。先方の電話機はワンルームマンションの床にじかに据えられたこたつの上にあるはずだ。何度か訪ねてそれを知っている。受話器が取られた。が、何も声がしなかった。

「もしもし」

と言うと、誰？　と、やっとハスキーな声が返ってきた。

「ごめんなさい、眠ってたのね」

「あさみ？　いま何時なの？——まあ、普通の人は眠ってるわね。それで？」

「あたしを助けて、理緒子」

山川のことは理緒子に相談できなかったが、越前のことなら不思議と相談できる。理緒子なら越前の言葉や、混迷を極めるあさみの気持ちに判断を下せるだろう。それは厳しいものかもしれないが。

これまでのことを事細かに話し、必要上山川の話もした。

ひととおり聞き終わると、理緒子は鼻で笑って、ばかね、と言った。

「答えは、あんたの中にちゃんと出てるじゃない」

「出てる？　何なの？　教えて、それを」

「甘ったれ」

ベッドの中に電話機を持ってきたらしい、布団の中で受話器を持ち直したようだ。

「山川って男の所へ行くんだったら、あたしの所へ来なさい。だけど、恋に酔って越前があきらめ切れないのなら、結婚はしないで恋の醍醐味だけ楽しみなさい。しょうがないから、その間待っててあげるわ」

口の開閉が思うに任せないといった、けだるそうな声で理緒子はフガフガしゃべった。「あたしはさんざんやってきたから、わかってるの。春にあれほど燃えた恋も、秋にはやっぱり枯れてしまうのよ。枯れることなんか想像もつかなかった奇跡の恋が、やっぱり季節とともに色あせてしまう。それは、どんなに偉そうなことを言ったって、しょせん人間も動物だからよ」

こうして理緒子の声を聞いていると、なぜかホッとして、ふるさとにでも帰ったようななつかしい気分になる。何でもいいから、しゃべり続けてほしかった。彼女の思考形態の中、彼女の手が届く範囲に、もう少し温《ぬく》もっていたかった。

「だからさ、今あんたが考えなきゃならないのは、ヤツの言葉が真実かどうかよりも、あんた自身の内側の言葉——心の叫びにもっと素直になれってこと。越前も山川も、どっちもたいしたことない、ってあんたの話は言ってるわよ。それだから電話をあ・た・しにかけてきたんでしょう」

眠たげな声、それでいて話の確かな脈絡を追っている。耳を傾けながら、座るべき所へ座ったような心地よさを味わい、あさみは久しぶりに楽な息をついた。まだまだ理緒子の声を聞いていたい。

「だから電話をあんたにかけて、って？」

電話を切られてしまうのを恐れて、オーム返しにぼんやり聞きかえすと、たちまち「あんた寝ぼけてるわね」とやられた。

「また昼間に電話ちょうだい。しゃんとしてるときに」

「寝ぼけてなんかいない。眠れないので起きてきたの。眠ってたのはそっちでしょう。でも目を覚ましてくれてありがとう。どうしても理緒子の意見が聞きたかったの」

「こっちはね、あんたの最終の返事を聞きたいだけ。考えをまとめて、早くあたしの所へ来て落ち着きなさい」

「まだその遊びを続けるの？」

「遊びじゃないって言ってるでしょ。わかんない人ね」

あさみは脚がしびれて、椅子の上で座り直した。

「どっちもたいしたことない、ってあんたは簡単に結論出すけど、そんな乱暴な言い方しないで、もっとあたしの身になって考えてほしいの。あたしはいま山川さんより越前さんのほうに惹かれている、って自分でもわかってる。こないだ越前さんの話を聞いて、彼の印象がずいぶん変わったのね。見た目よりもずっと人間味のある人だったわ。でも、まだ本当の心はつかみ切れてない、って感じるの。そして、あたしの身の丈に合っているのは山川さんだって、やっぱり思うんだ。山川さんとなら結婚して幸せになれると思う。でも、越前さんと結婚したら、幸せになれるという自信がないの……胸をときめかせてはくれるけれど」

「自信がないってことは、自分は越前と合わない、ってなんとなく感じてるんでしょうよ」

「合うのか合わないのか、わからないの。越前さんのことがあたしにはまだわかってない、ってことだけわかってるの。越前さん自分の話をたくさん聞かせてくれたんだけど、でも彼の世界はあたしと違い過ぎるのね。あたしとかけ離れたところで彼は生きてるの。あたしに理解できることもあるんだけど、立っている位置というか、日ごろ見ている景色というか、向いている方向というか、言葉でよく表現できないんだけど、何しろあたしと全然違うのを感じるの」

「違うっちゃ、あたしとあんただってものすごく違うじゃない。違うってのは、別に悪いことでもないわよ」

「そうね。でも、その〝違い方〟が違うの」

「意味わかんない。具体的に話しなさい。たとえば？」

「うまく言えないんだけど……たとえばね、この間二人で会ったとき越前さんが最後に笑い話をしたの。それがあたしにはとてもイヤだったの。なぜだか、返事もしたくないぐらい。彼とあたしの住んでる世界はこんなに違うんだ、ってそのとき思ったの」

「どんな笑い話？」

「理緒子なら彼のユーモアがわかると思う。でも、あたしには通じない」

「だから、どんな笑い話よ」

「あんまり話したくないんだけど……こないだのニューイヤーパーティーで山川さんも越前さんも置いてきぼりにして、あたしはあんたと一緒に途中で帰っちゃったでしょ？あのあとみんなでいつものお店に流れたんですって。そのとき山川さんがみんなの注文取ったり、お取り皿を回してあげたり、早く帰る人達のお会計を集めて回ったりしたんですって。山川さんてそういう人なのね。いつも面倒をみてくれるの。そこで越前さんが山川さんに、

『おまえ、それでも男なのか？　ほんとは男じゃないんだろ』

って言ったんですって。越前さん、相当酔いが回っていて、そのあと山川さんを誘ってバーのカウンターに移ってね……自分のチャックを下げて、長いものを出したんですって。そして山川さんに、

『出せ』

って、要求したって言うの。山川さんは困った様子でジュースを飲んでいたんだけど、覚悟を決めて出したんですって。二人は見比べ合って、両方とも負けず劣らずの大きさだった、っていう――」

けたたましい笑い声が受話器いっぱいに聞こえてきて、あさみは耳を遠ざけた。

「そうやってあんたは笑うだろうと思ったわ。でも、あとで考えて不思議なことがわかったんだけど、もし理緒子がその笑い話をしたのなら、あたし、笑ったかもしれないの。どうしてかしら。もし山川さんがしたとしても（山川さんはそんな話、しないでしょうけど）同じイヤなものを感じたと思う。どうしてかな。男の人が未婚の女性にする笑い話じゃないから、かしら」

「さあね。まあ、思うに、ご両人とも、あんたが心を許してない、心底おなかを開いてない人だから、なんじゃないの？」

理緒子はやっとのことで笑い止《や》み、ゴホゴホ咳きこんだあと、声の調子を整えて言った。

「あたしの考えを言うとね、あんたは越前にのぼせ上がってる、でも越前のほうはあんたにのぼせてるわけじゃない。そして山川はあんたにのぼせてる、でもあんたは山川にのぼせてない。どういうことかって言うと、越前があんたに求めるものは、身の回りの世話をしてくれて、子供を産んでくれて、きちんと家事をこなして明るい家庭を作ってくれる奥さん。で、あんたが山川に求めるものも似たようなもんだわ。毎日元気に稼いできて家庭を安泰にしてくれる、大きなもめごともなく平和な日常を送らせてくれる旦那さん。ほらね、ざっくり見れば似てるでしょ。越前の場合もあんたの場合も、自分の心の半分が求める安らぎに、もう半分が満足しなさそうな気がする、ってわけよ。

越前と結婚したら、最初はいいかもしれないけど、泣かされる日々が待ってるでしょうね。忠実な奥さんは欲しい、けど女遊びがやめられるわけじゃない。彼には悪習としてそれがもう身に染みついちゃってるわね。でも山川と結婚したら、死ぬほど退屈な日々が待ってる。たぶんあんたにもそれがわかってるんでしょ。で、あたしなら、どっちの思いもあんたにさせないわよ。だからあさみ、あたしと一緒に楽しく笑いながら生きていかない？」

「どうして話がそっちへ行くの。いいかげんにやめてちょうだい。どうせあたしの年賀状を見て、からかってやろうと思いついたんでしょ？『結婚します』っていう言葉を見て、邪魔してやれ、とでも思ったんじゃない？」

「思いつきと言えば、思いつきかもしれない。でも、邪魔してやろう、とかは無いな。あたしとしちゃ、今まですったもんだ取っ組んできた人生の答えが、ついに出た、って感じだったのよ。あたしは自分のギザギザした形にピッタリ合う片割れを探してたんだと思う。それは男でも女でも構わないわけ。そして、しっくり来る片割れはあんたしかいない、って気づいたのよ」

「男か女かってことは、あたしにとっては重大な問題だわ。あんたは年賀状を読んで思いついて、たった数日考えただけで決めたんでしょう？そんなものを、あたし真剣に受け取れない」

「確かに数日よ。でも、それ以上考える必要がなかったのよ」

理緒子はすっかり目を覚ましたようだった。舌の回転は速くなり、一語一語がはっきりしてきた。「数日と言ったって、気づいた瞬間に物事がはっきり、パァーッと見えて、あたしの中では何もかもが決まっちゃってさ、あんたをどうやって陥落させようか、そっちの方法を考えていたら数日たっちゃったのよ」

「どうして迷いがないんだろう。あたしみたいに何年もあれこれ迷うことが、どうして理緒子にはないんだろう。痛いところを突いて悪いけど、それだから突っ走って失敗してきたんじゃないの？　そんな失敗、あたしはしたくないの……」

「いろいろ失敗してきたからわかることがあるのよ。いま迷いがないというのは、あんたを百パーセント信じてるからなんだ。どうしてこれをもっと早く思いつかなかったのか、残念なくらいよ。あのひどい年月、損したもんだわ」

「あんたがKさんと結婚したときにも、百パーセントいいと思って、百パーセント信じて、百パー――」

「何わめいてるのさ。心は決まってるのに、あんたのその石頭が抵抗してるのよ。いい加減に目を開けて素直に認めたらどうよ。よく考えてみなさい。あたし達って、お互いに相手がいないと完全じゃないような、そんな関係だと思わない？　もしもよ、あたしがいなくなったら、あんたはどうやって生きていく？　そう考えたことない？　二、三日悲しんで、二、三ヵ月さみしい思いをすれば、あとは元の気持ちに戻る？」

「そんなこと――だって、そんなこと――じゃ、理緒子はどうなの？　あたしが死んだら大きな痛手を受けるって言うの？」

「受けるでしょうよ。考えてみて。あたしはいつだってあんたの所へ帰ってきた。ほかの誰の所でもない、必ずあさみの所へ帰ってきた。なぜかって、信頼できる、心が休まる、もう一度力が出せる、またとないあたしのお気に入りの部屋だから。そんなあんたを失いたくないし、あんたがほかの誰の世話に没頭するのも見たくない。あんたが夫と子供のことに明け暮れて、あたしが呼び出したときに、忙しくて行けない、ごめん、なんて言われたくない――これでもわかんないの？」

「わかんない。だって、あんたは一人で立派に生きていける強い人でしょう。あたしが居ないなら居ないなりに、けろっとしてやっていける人だと思うわ。そうしてあたしを口説いておいて、あたしがその気になってあんたの所へうっかり行ったりしたら、『アハハ、

あれは『冗談』なんて、泣かせて面白がるんでしょう。それでなくても、きっとあんたには
すぐ捨てられちゃうと思うわ」

「いつからそんなどうしようもない懐疑派になったの。越前て女たらしと混同しないでちょうだい。純粋にあたしのことだけ考えなさい」

「考えてるわ。あたしに飽きて、あんたのお荷物になったときには、どうするつもりなの？あたしと暮らして失敗したと気づいたら、そのときにはどうするつもり？　それが聞きたいわ。要らないとなったら情け容赦なく人を切ってきた理緒子が、あたしに限って一生見捨てないと約束したって、そんなの信じられない。今は必要だと思ってくれているかもしれないけど、要らなくなったときには、どうするの？」

「あんたには飽きないわ。何度も言ってるでしょ。憎たらしいときもあれば、イライラさせられることもあるけど、あんたに何も魅力を感じなければ、その時点でサヨナラしてたわよ。あたしはちっとも忍耐強くないんだから、とっくにサヨナラして距離を置いてたわよ。和代やさなえみたいにサ。要するにあたしの人生にはあさみの考え、あさみの言葉、あさみの純な心が必要だ、ってことを、そうね、会った当初から感じてた、ってことかな。

この電話の話聞いてても、なるほどね、って思うもん。あんたは優柔不断だけじゃなかったんだ」

「だけじゃなかった？　どういうこと？」

「あんたはそこらにいっぱいいるフツーの——会社に入ったらすぐ恋に落ちてすぐ結婚しちゃうタイプの女の子に見えるのに、なんで29まで結婚しなかったのか、だいたい理由がわかってきたってことよ。恋愛の真っ最中でも、あんたは一生懸命目を見開いて相手を見ようとする。奥深くを観察しようとするんだな。立ち止まれる力、っていうか、批判する力を失わないんだね。つまり、目がくらまないのよ。愛のとりこになったら、フツーはさ、どっぷり浸かって相手の何もかも——悪癖までが光り輝いて見えてくるもんなの。だけどあんたは、不思議なことに、そうならない。それほど冷めた女で恋に溺れ切らないのか、それとも、どんな状況だろうと洞察する力を失わない特技を持ってるのか、わかんないけど、そこらへんの立ち向かい方が、ま、言ってみれば、あたしが惚れ惚れしてるとこなんだな。けどそれがまた、どうしようもない優柔不断につながってるんだろうけど」

「わかった……なんとなくだけど、理緒子にそう分析してもらえて、ちょっとうれしい。

少しは慰めてくれてるみたいで」

「じゃ、来る気になった？」

「ならない。それとこれとは話が別。だって現実を考えてみてちょうだい。一応あたし達二人はとても気が合うとしてね、山川さんとの婚約を解消して理緒子と暮らす、って聞いたら、うちの母が何て言うと思う？　その場で脳しんとう起こさなかった場合には、よ」

「好きなように言わせておけば」

「そんなわけにいかないわ。あんたのお母さんだって、きっと驚かれて反対なさると思うわよ」

「うちのママにはもう話してあるもん」

「話してある？」

「あさみと一緒にこれからやっていくから、って言ったら、『もう相手を変えないように頑張んなさいよ』だって」

「それ、本当なの？　あたしはまだ返事をしていないじゃない」

「あんたが断るとは百パーセント思ってないんだから、同じことでしょ、いつ話したって」

「なんて自信過剰な人！」

「何とでも言いなさい。じゃ、これで決まったわね」

「まだ何も決まってないわ！　なーんにもよ。ひとっつも。あんたのほうが良くたって、あたしのほうがダメなんだから。母は絶対に許さないわ、こんなこと」

「じゃ、家出してきなさい。そうよ、駆け落ちするのよ。親に自分の人生を縛られることなんか、ちっともないんだから」

「縛られる、というのじゃなくて、悲しませたくないの。親にも世間にも祝福されて、正々堂々と生きていきたい。駆け落ちなんてイヤ。まして女ふたり……どうやってみんなに顔向けできるというの」

「あ、そう」

理緒子は寝返りを打って受話器を持ち替えた様子だった。その間にもしゃべっているので、声が遠くなったり、近くなったり、布団を引っ張る荒い息がまじったりした。「何よりも顔向けが大事で、それだけで生きていきたいというんだったら――よいしょ――それじゃ、あのフニャフニャ男と結婚しなさい。越前はあんたには合わない。顔向けと世間体と見かけが大事だったら、あの山川ってヤツと結婚するのよ。さぞかし大威張りで通りを歩けるでしょ――うんしょっと――そして、灰色の家に帰って、死ぬほど飽き飽きすればいいわ」

「お願いだから、皮肉ったりしないで」

オーバーを羽織っているものの、その下はパジャマだったので体が冷え切ってしまい、あさみは寒さで声がふるえてきた。「仕事で疲れてるのに、こんな長電話かけてしまって、ほんとにごめんなさい、理緒子。あした日曜日だけど、休める？　それとも出勤？」

返事が聞こえてこなかった。

「返事して、理緒子」

受話器を耳に押し付けたが、うんともすんとも声がしなかった。「怒ってるんじゃないでしょ？　理緒子？　何か言って。……もしあたしが今度のことを断っても、ずっと親友でいてくれるでしょう？　それだけは約束して。……答えて、理緒子」

「この話をあんたにしたかしら？　まだだったわね。あたし、あと一年で――失明するの」

「失――なんですって？」

「失明よ。目が見えなくなるの」

「ま、まさか！」

理緒子が次に声を出すまでのその何秒間か、あさみは地獄に沈み込む衝撃を味わった。頭の中ではさまざまな思いが駆け巡り、これから理緒子が入っていくであろう暗黒の世界が目の前に浮かんだ。想像を絶するそれは、どれほどの暗闇だろうか。

目が見えなくなったら、理緒子は何を一番に悲しむだろう。空、野原、花、動物、あるいは本。写真、映画、絵……。もし人生の途中で光を失ったなら、あさみなら何を一番嘆き悲しむだろう。そう、人のやさしい瞳だ。石ころや踏み段のありか、水たまり、ゴキブリ、ヘビなどへの恐怖よりも、大好きな人たちの瞳――それを見られなくなることだ。心を映す小さな窓の、なんて美しいこと。涙に潤んだり、喜びに輝いたり、心の揺らぎとともに折々に色の変わる、小さな劇場。命そのもの。そんな瞳が二度と見られなくなる、これほど悲しいことがあるだろうか。

あさみの胸に一つの決意が泉のように湧き上がった。それが覆《くつがえ》ることなど、天地がひっくり返ってもあり得ない、とまで思うような断固とした決意――それは、友の手を引いて一生を終えよう、というものだった。が、次の瞬間、熱くなったあさみの胸に、理緒子の言葉が斧のように振り下ろされた。

「ウソよ！　ウソ。驚いた？　あたしを看病してくれる気に、ちょっとでもなった？」

あさみは衝撃を受けた反動から、腹立たしいやら、恨めしいやらで、しくしく泣き出してしまった。まーたなの、やれやれだわ、とぶつぶつ言う理緒子の声。

「いいかげんに観念して、おとなしくあたしの所へ来なさい」

「行かないわ！　行くもんですか！」

あさみは涙の中から言い放った。と、六畳の部屋で物音がした。

「ちょっと待って……誰か起きてきたみたい……黙ってて」

唐紙《からかみ》が開き、廊下をこちらへ歩いてくる足音がする。静々《しずしず》とした足運びは母だ。あさみは身を固くして息を殺した。こんな真夜中、オーバーにくるまって暗いダイニングキッチンの椅子に座り、涙を流しながら冷たい受話器を握りしめている。この姿を見られたら、どう思われるだろうか。今さら電気をつけるわけにいかない。電話を切れば、チン、と音がしてしまう。急いで手のひらで涙だけは拭った。

足音はトイレの前で止まり、ドアの開く音がした。やがて水洗の音。手を洗う音。またドアが開く。帰りの静かな足音。唐紙のすれる音。再び静寂に返った。いま何時だろう。あさみは柱時計の方向を見上げた。いくら目を凝らしても、暗くて針が見分けられない。

「理緒子。聞いてる?」

ささやき声を出した。聞いてるわよ、と返ってきた。「あたし……理緒子と一緒に暮らせたらどんなにいいだろう、と本当は思ってるの。自分でも驚くことなんだけど、それが正直な気持ちだっていうのを、なんとなく知ってる……。理緒子と二人だったら自由に生きることができて、何でもやれて、どんなに……。でもね、あたしには、女は男と一緒になるものだって考える家族がいるの。絶対に裏切れないわ。父や母を悲しませたくない」

「説得したらどお? わかってもらえるまで」

「説得どころか、ひと言言い出しただけで、怒鳴られるか、追い出されるか、でなきゃその場に卒倒しちゃうか、どれかだわ」

「ちょうどいいじゃない。引っぱたかれて追い出されて、あたしの所へ来たら?」

「自由な家庭環境で育ったあんたには、あたしの家族のことが理解できないかもしれない。

追い出したほうが、追い出されたほうよりもよけいに苦しい思いをするの。そんな思いをさせたくないのよ」

大きな聞こえよがしのため息が耳に届いた。

「駆け落ちするのもイヤ、言い出すのもイヤ。それなら、山川と結婚するしかないじゃない。何を迷ってるの。なんであたしに電話なんかかけてくるの、こんな真夜中に」

「そんなこと言わないで……怒らないで。今はあたしに冷たくしないで。お願いだから、あたしのことをやさしく考えて。ワッと泣き出してしまいそうだから……。なんだか悲しくて悲しくてしょうがない」

凍え切って、あごがガクガクしてきた。「理緒子はあしたの日曜日、お休み？」

「あしたじゃないわよ、もうとっくに今日になってるわ」

「今日は、休めるの？」

「休めない。仕上げたい仕事があるんだ。あと4時間でうちを出なきゃならない」

「怒ってる？」

「怒ってるわよ」

「あした――じゃなくて今日、仕事の帰りにどこかで会わない？」

「会ってどうするの？　もう返事は聞いたわ」

「会いたいの、理緒子。会って」

「会えば、返事が変わる？」

「ううん。……でも会いたいの。どうしても」

「山川か越前か、越前か山川か、延々と聞かされるわけね。ま、いいわ。聞きましょ。気が済むまで迷えばいいのよ。あんたの趣味なんだから。でなかったら、そんな歳になるまで売れ残らなかったでしょうし」

「なんと言われても仕方がないわ。あんたの言うとおり、自分でもそう思ってる……。それで、どこに何時か、理緒子が決めて」

「横浜6時。地下街のいつものスナック。それより前には行けない。早く帰るってことも、あたしには大変な犠牲なんだから」

「ごめんなさい。でも、会えることになって、うれしい。これで電話切るから休んで。あと3時間は寝られるでしょう？」

「寝られるかどうか」

「理緒子なら寝られるわよ。おやすみなさい」

「おやすみ――ああ、言い忘れてたけど」

「……何？」

「あたし、たぶん……そう……あんたを愛してるんだと思うわ」

受話器の置かれる音がした。だから数秒後に、ウソよ、と言われることもないわけだ。手はかじかみ、体は凍えていたが、あさみは切れた電話機の前にそのまましばらく座っていた。それからごそごそ立ち上がって電話を元の位置に戻し、二階へのぼった。布団に入っても温まらず、ガタガタ震えながら、母の起き出すのを待った。

6章　何かがそっと降りてくる

ようやく日曜の朝の活動が始まる気配がした。あさみはガチガチ歯を鳴らし、肩を震わせながら階段を降りて、風呂の火をつけた。

「あら早いのね。お風呂に入るの？　ずいぶん寒そうな顔してるじゃないの」

「とても寒いの。お父さんは起きてる？」

「まだ寝てらっしゃるわ。ゆうべのことね？」

「今日はゴルフの日？」

「ゴルフにはいらっしゃるでしょうけど、ゆうべ遅くていらしたから、今朝のお出かけはごゆっくりだと思うわよ。まあ、この子ったら、艶のない顔をして。風邪かしら。お風呂でよく温まりなさい」

あさみは震えながら服を脱ぎ、まだぬるい湯船につかった。徐々に熱く焚いていき、全身がピンク色の肌になるまで入っていた。芯から温まって、立ち上がったときには目の前に星が飛んだり消えたりした。軽い貧血を起こし、あわててタオル掛けにつかまってしゃがんだ。

風呂を出ると、父が起きていた。母が起こしてくれたらしい。何かしら母から聞いているのだろうが、父はいつもどおり新聞を読みながら食事をしていた。おはようございます、お父さん、と娘に言われて、うん、おはよう、と顔を上げたが、またすぐ新聞に戻った。カーテンのすき間から、青くない空が見える。曇りのようだ。

父に合わせて仕度をし、ビーグル犬に鎖をつなぎ、何も言わなくとも約束ができているかのように、一緒に門を出た。駅まで10分ほどの道のりに何を話せるか、また、自分が何を話そうとしているかもよくわかっていなかったが、とにかくビーグルを引っ張りながら、父と並んで歩き出した。空気は肌を刺すように冷たい。空は曇りなのか、うす晴れなのか、雨もよいなのか、どっちつかずの、灰色とも呼べない、少し緑がかった色をしていた。

「お父さんの会社には、独身の女性って多い？　若い女の子じゃなくて、30を過ぎて一人で暮らしている人」

「今はそういうのが多いんじゃないのかい？　特に注意して数えてみたことはないがね」

「うちの会社にも何人かいるんだけど、『寂しい』と言う人もいるし、『気楽で自由で楽しいわよ』って言う人もいるの」

「そうかい」

「あたしがもしそうなったら、お父さんはどう思う？」

「一人で生きていこうと決心したと言うの？　それとも、心が決まらないから、仕方なく一人になりそうだ、というのか、どっちなんだい？　それによってお父さんの意見も違ってくるよ」

「まだ決心したわけじゃないの。でも、そちらへ引っ張られていってしまいそうで、このまま行ったらどうなるのか、すごく不安なの」

「引っ張られて、といま言ったね。誰かが引っ張っているの？」

四つ角へ出た途端、たき火の匂いのする横風が吹いてきた。後ろから来た速足の男が二人を追い越していく。駅まではずっと平らな道だ。あさみは綿入りジャンパーのフードを背中から回して、頭にかぶせた。

「お父さんは理緒子を知っている？」

「おまえの高校の同級生だろ？　前に離婚騒動とやらを起こして、うちに泊まりにきたのに、お母さんと口論になって追い返されたとかっていう」

「そうなの。あのときお父さんが大阪でよかった、って今はつくづく思うの。あんな理緒子は見せたくなかったから」

「しかし、ほかの話を聞いても、うちのお母さんはその子を良く思っていないようだね」

「ええ……お母さんはね。でも、お父さんはどう思っているの？」

「どう思うも何も、会ったことがないから、わからないよ」

「理緒子に会って」

「それは、お父さんに頼んでいるのかい？」

「今日、夕方7時ごろ、横浜に来て会ってみて」

「またずいぶん急な話だね。なにかその必要があるの？」

あさみは横をチョコチョコ走っているビーグルを抱き上げた。

「あたし……理緒子とあたし……と、そ、それからもう一人、独身志願の女の子、と、つまり3人で、一緒に暮らそうか、っていうお話が出ているの。で、でも、理緒子んちの人は賛成しているんだけど、もうひとりの人の家族は反対らしくて……それから、うちはまだお母さんにも話していないし……でも、まだ、3人に……なるかもしれないし」

「どうも、おまえの話はわかりにくいね。すんなり頭に入ってこないよ。理緒子という人にだけ、お父さんを会わせたいんだね？　もう一人のほうはどうでもいい、と」

あさみは犬を下ろし、父の腕へ自分の腕をすべり込ませてしがみつくように体を寄せた。

「本当を言うと、理緒子が、あたしと二人で暮らさないか、って言い出してるの。変な意味じゃなくて、純粋な意味で性格が合っているんだって、そう言うの。二人でうまく暮らしていけそうだ、って」

「二人でうまく……か。で、おまえもそう思うの？」

「ええ、それは思うの。お互い性格を知り尽くしていて、相性がいいってわかってるの。でも、女二人ということに、あたしはどうしても抵抗があるの」

「そこに抵抗があるんだね？　なら――相性がいいとわかってるならだよ、そこを話し合えばいいんであって、どうして彼女にそう急いでお父さんを会わせたいんだい？」

「ほかの女性なら絶対に断るわ。でも理緒子だから、こうして考えているの。女二人でも、一緒に暮らす価値のある人だと思うから。でも、お父さんが理緒子を見て、どう思うか知りたいの。恥ずかしいんだけど、あたしもう、自分では何も決められなくなってしまったの……本当に、自信がなくなっちゃった……思考力がひとかけらもなくなっちゃったの。だから、ずるいことをするの、お父さん。山川さんと、越前さんと、理緒子。この三人に会ったお父さんに、誰か一人を決めてもらおうと思って」

「おいおい。それはひどいよ」

「娘を嫁がせるのが親の役目でしょう？　あたしの幸せはお父さんが一番よく知っててくれている、っていう気がするの。あたしは、お父さんが選んでくれた人の所へ行って、あとあとまで決して文句を言いません。それは絶対に約束します」

「えらい他力本願に出たもんだな。そりゃ古風なしおらしい娘というんじゃなくて、自己不信の責任逃れと言うんじゃないのかい？」

「もう駅に着いちゃったわ。責任逃れでも何でもいいから、とにかく理緒子に会って。いいでしょ、お父さん。あのね、横浜のダイヤモンド地下街の──」

あさみは父を駅の伝言板の前に連れていき、フードを後ろへ引き下げて、チョークで箇単な地図を描いた。

「西口を出たら、こうまっすぐ行って、どんどんここを行って、それからここを左、もう一つここを曲がって、このスナックよ。今夜6時に理緒子と待ち合わせているの。だから7時ごろ来てね。たぶん8時か9時ごろまでここにいるから」

父はゴルフ道具を担ぎ直した。

「会うことは、いくらでも会うがね、しかし、最後にはやっぱりお前が決めるんだよ」

あさみは地図を消して、「はい」とうれしそうに返事した。まるでもう肩の荷を下ろしたといった表情だ。

「〝ばったり出会った〟って顔を装って、おや、どうした、って言いながら来てね。そして、ちょっと邪魔しようか、とかなんとか言って、あたしの隣に座って」

「ひと言忠告ぐらいはするよ。だが、最後はしっかりおまえが決めるんだよ。そこはわかっているのかい？」

「はい、お父さん。行ってらっしゃい！　気をつけて」

あさみはビーグルに引っ張られながら手を振った。「待ってるから、絶対に来てね！」

父のひと言は、必ずやすべてを決定するひと言だろう。重い、思慮深い、親心のこもったひと言だろう。あさみはそれを確信していた。

ゆうべ理緒子との電話で、会ってほしい、と頼んだときには、父と会わせることなどつゆほども考えていなかった。ただ理緒子に会いたかった。無性に会いたかった。彼女のプロポーズを断らなければならない。そのためにも会いたかったのだ。『否』の気持ちの中に『諾』がまだ可能性としてあったとすれば、ほんの少しだった（ゼロではなかった）。それにしても理緒子の最後の言葉は身にこたえた。れっきとした男性のプロポーズに一度も聞かれなかった〝愛している〟という言葉が、同性の口から聞かれようとは——ましてやあの理緒子の口から聞かれようとは、夢にも思わなかった。電話を切ったあとは、すべてを投げ打って友のもとへ駆けつけたい思いにかられた。可能性が何倍にも増してしまい、断るためのお茶の意味がなくなってしまった。代わりに、いっそう深い迷いの中に落ち込むのがせいぜいの逢瀬になってしまった……。

もはやあさみの手には負えなくなった。平凡だが世間に通じる家庭を取るか。苦しいけれども心浮き立つ恋の道か。常識に背くけれども愛する友と暮らす生涯か。こんぐらがった絹糸みたいで、その中から道を一つ選ぶことなどできそうにない。ほとほとくたびれ果ててしまい、うずくまって座り込みたかった。誰かが立たせてくれて、そのときには目の前にすでに決められた人が待っている、という状況であってほしかった。そうすればもう何も考えずに、自分はその人と一緒になるだろう。奥さん向きの人間、と理緒子は言ったが、まったくそのとおり。誰か強い人が手を引いてくれるのでなければ、自分という人間は一生こんなふうに迷って迷い続けて、迷ったまま終わるのだろう。

今は覚悟ができた。父がどう決めようと、それに従うつもりだ。心から父を信じている。信頼する人の決断に従い、その人の意思を、心を尽くして実現しようとする〝奥さん向きの人間〟——それが自分のことならば、そこに幸せを見い出すよりほかに、仕方がないではないか。

自分の性格や気質というものは、なんと遅ればせに、やっとわかってくるものなのだろう。生まれたときからこの中に浸かっているので、内側から当たり前な目で見ることしかできない。他人から限定的に見られると、いや、自分はもっと広いもの、もっと別のいいもの、もっともっといろいろなものを持っている、と反発したくなる。だが限界を知らなければ、それを越えることもまたできないではないか。

犬の関心ごとに立ち止まって付き合いながら、気持ちはそんなふうに落ち着いてきた。しかし気分のほうが、いま一つすぐれなかった。リードの鉄の鎖がぞくっとするほど手に冷たく、手袋をしてくればよかったと思った。再びフードをかぶった。この分では湯冷めをしそうだ。「もいいでしょ」と声に出して、ビーグルの首を引っ張った。

朝のうちに山川から、そして越前からも電話があったが、やっとの思いで布団を這い出し、今ものすごく気分が悪いので、良くなったらこちらからお電話します、とどちらも一分足らずで切った。何がなんでも午後には治りたいと思い、風邪薬を3錠飲んでベッドに入った。

昼に目覚めたときには体が熱っぽく、体温計で測ると38度あった。ご飯よ、と母に呼ばれ、ベッドの下にめり込んでいるどてらを見つけて、羽織りながら下へ降りていった。だがちっとも食欲が出ない。

「そんなんでは、今夜出かけるのは無理よ」

母が言った。

「どうしても出かけたいの。絶対に出かける」

力をつけなければならない。ショウガと削り節で湯豆腐を食べ、りんごをひと口かじり、温かい牛乳を飲んだ。そのあとまた風邪薬を3錠飲んでベッドにもぐり込んだ。

目覚ましを5時にかけておいたつもりが、何を間違えたのか、リンとも鳴らなかった。甲高い弟の笑い声で目を開けたら、時計の針が5時半過ぎを指しているではないか。あわてて起きて仕度を始めた。体のふしぶしにいやな痛さがあったが、熱だけは下がったようで、気分も朝ほどは悪くない。暖かい服をたくさん着込んで家を出た。

迷路のような地下街をあちこち曲がると、理緒子のお気に入りの、パブレストランに似た小暗いスナックがある。約束より20分遅れてしまった。さぞ理緒子が怒っているだろうと、しおしおと身を縮めて入った。しかし、ひととおり店の中を見たが理緒子はまだ来ていなかった。よかった、助かった。こうした待ち合わせで理緒子が先に来ていたということは、今までに数えるほどしかない。20分ぐらい平気で遅れてくる。謝るのも上の空で、ごめん、と言うだけだ。そのくせ、こちらが一分でも遅れようものなら、魚のように口を尖らせて怒る。

スナックにはL字型のカウンター席があり、その外側をぐるりとテーブル席が取り囲んでいる。あさみは入り口を入って左奥のテーブル席に着いた。オーバーコートを脱ぎ、熱い飲み物を頼む。濃くて甘いココアに香り高いアルコールを垂らして甘さを抑え、上にたっぷりの生クリームを浮かせたお気に入りの飲み物だ。いつもなら幸せを感じるそのいい香りが、体調が悪いせいか、ツンと鼻をついて、なんだか胸をむかむかさせる。生クリームが溶けていく楽しい様子にも、今は顔を近づける気にならない。テーブルの端に並んだビン類から砂糖を探し、スプーンに3杯も投げ込んだ。そして、そのまま遠ざけて放っておいた。

しきりに時計を見ていたが、見始めたときから長い針が半周した。ゴルフ道具を担いだ父が先に来てしまった。父と二人でいるところへ理緒子が来るという状況は、避けなければならない。日曜出勤の理緒子はおそらく仕事の切りが悪くて予定どおりに会社を出られなかったのだろうから、と父に話して、彼女が来るまで近くの別の席、カウンターに座っていてもらうことにした。

いくら時間にルーズだといっても、1時間も遅れるなんてことはなかった。すっぽかしたことが一度あったが、そのときには道で倒れて救急車に運ばれたからだった。それをあとで知ったあさみは、待たされて内心怒ったことを後悔したものだ。理緒子の二度目の不幸な妊娠のときだった。

とうとう1時間が過ぎた。どうしたのだろうか、と想像を巡らせることに疲れてしまい、少し腹が立ってきてみじめだった。父を呼んで一緒に待たせていることで、ひとしお辛く、泣きたいほど情けなかった。

ついに7時半になってしまった。父の物静かな背中を見ていることに、もう限界を感じた。これ以上耐えられない。なんらかの事情があるにせよ、理緒子が今夜来ないことは、どうやら間違いなさそうだ。また熱が出てきたのか、顔がほてって体のぐあいが悪かった。もう帰りましょう、と向こうの父に言うために、コートを取り上げて伝票を持った――そのときだ。

「ああら、あさみ」

と声がして、理緒子が入り口から入ってきた。「あんた、来てたの？」

若い男性の連れが後ろにいた。一緒にどこかで飲んできたらしい。両方とも酔った顔をしている。あさみの前の席に理緒子が腰を下ろすと、理緒子を押し込んで隣にその若い男が座った。

「会社の人」

理緒子がメニューを取り上げながら、親指で無造作に彼の顔を指《さ》した。同じ親指で、「これ、あさみ」

若い男は興味しんしんに笑みを浮かべてあさみの顔をじろじろ眺めた。無礼で感じが悪かった。

「するとぉ、あなたが僕の恋敵《こいがたき》ってわけですね。はあ、そうですかぁ」

あさみは何と答えていいやら、理緒子への怒りと、彼への反感と、恋敵という言葉に対する不快な、と同時になにかくすぐったい思いを抱いて、目を落とした。

「わかったら、帰りなさい。もうあんたに用はないの」

あさみは自分に言われたものと思い、びっくりして顔を上げた。若い男が肘で押されていた。

「一杯飲ましてくださいよぉ。せっかく来たんだから。ねえ、あさみさん。あなたとも知り合えたことだし、僕はいま幸せなんですよ。なぜ幸せかってぇとね、いい提案があるんですぅ。レモンパイ――僕のレモンパイはですね、あなたにプロポーズしたって言うでしょ。僕はレモンパイにですね、プロポーズしてる、と。あなたと僕がここで意気投合すればですよ、三人で一緒に暮らせるじゃないですかぁ。男一人に女二人、いま流行ってる話でしょ。僕はいいと思うなぁ」

「うっるさいヤツ。くだらないこと言ってないで早く帰りなさい。この子はあんたと違って、そんな冗談は大っ嫌いなんだから」

「冗談言ってるんじゃないですよ。こりゃあ一世一代の大名案だと思うけどなぁ。21世紀になればこんなのはザラになっちゃって、一夫一婦のほうがかえって珍しくなっちゃったりして、ね」

「馬鹿言ってないで、早く帰んなさいってば。あたしと同い年でも、まだこの子はキスしか知らない箱入り娘なんだから。見なさい、びっくりして赤くなってるじゃないの。ちょっと、ボーイさーん、ツナサンドとコーヒーちょうだい」

「僕はビール。それから、サラミとフライドポテトとぉ、チキンサンドと――」

理緒子はうんざりした顔をした。そういう顔をさせるのも彼の楽しみの一つらしく、図に乗って笑った。

「それで、なんで遅れたの？」

理緒子があさみに尋ねた。その瞬間、この状況のすべてがあさみに呑み込めた。20分間もおとなしく人を待つ理緒子ではなかったのだ。

「ごめんなさい」

立場が逆転してしまい、あさみはあわてて言い訳した。「風邪引いたらしくて、ベッドに横になったら、うっかり寝過ごしちゃったの。20分遅れたんだけど、あんたは時間どおりに来てくれたのね」

「30分待ったわよ、30分。彼がいなかったら帰っちゃって、もう今夜はここへ来なかったわ。これって、あんたがあたしを呼びつけたんでしょう」

「本当に悪かったわ、理緒子。ごめんなさい。この方がいてくださって、よかった……」

男のほうをチラと見た。さっきほど悪い人間に見えなかった。「ここでバッタリ出会ったの？　この方と」

「バッタリ出会ったんじゃないわよ。どうしてもあんたの顔が見たいって、あたしについてくるから、しょうがないじゃない。ひと目あんたを見たら帰るって言うから、じゃ見なさい、って言ったの。そしたらあんたが来ないもんだから、二人して怒って、こいつのひいきの店に飲みに行ったのよ」

「僕は怒りませんよ。僕は一時間でも二時間でも、待つの平気な男なんです」

「ウッソ！　外づらのいい坊や」

見たところ理緒子よりだいぶ年下の感じで、飲んでいるせいもあるのか、ウクレレのように陽気だった。理緒子のほうは彼に価値を認めていなさそうで、コケにしている。軽蔑と退屈をいっぱいに表しながら、それでもちょっぴり笑みがまじっている理緒子独特の表情。あさみも高校のころから見てきて知っている。少しぐらいコケにされたって、うれしくて楽しかったものだ。

「あさみさんは、僕の先輩のですねぇ、つまりレモンパイの言うこと、どう思いますぅ？　男の十分の一しか、女性にセックスは必要ない、だなんて、今どきのフリーセックス時代にははなはだしい暴言ですよねぇ。レモンパイに似合わない、無理したお体裁だと思いませんか。時代に逆行してますよ。今ほど女性が大手を振ってセックスを楽しみぃ、むしろ男を引っ張っていく力があると主張してる時代はないんですぅ。レモンパイはですね、家事が嫌いなんですよぉ。ただそれだけの理由で、男に汚されてないあなたをいただいちゃおうとしてるんですからね。家政婦がわりですよぉ。だまされちゃ駄目ですからね、ぜぇったい」

それはあさみには新しい話ではなかった。また、理緒子の落ち着き払った笑顔も目の前に見ているので、若者の言葉でただちに動揺することはなかった。だが向こうの父は、これをどう聞いただろうか。カウンター席の高い椅子に座り、立てかけたゴルフ道具に手を置いて、こちらに背を向けたままじっとしている。距離としては2、3メートルばかり離れているが、背中が全部耳になっている感じで、若者の酒の入った大声は、細大もらさず丸聞こえだっただろう。理緒子が何か弁解してくれればいいのに、と思ったが、彼女はボーイの運んできたコーヒーに砂糖とミルクを入れて、言わせておけ、というように涼しい顔をしていた。

「レモンパイがイライラしてるってのはね、わからないじゃないんです。しかし、今はもう男女が平等ですからねぇ、分担して家事や育児をやってけばいいんであって、僕なんか――」

「あたしは子供なんか作らないわよ」

理緒子がさえぎった。「まったく、こいつがいると話ができないわね。この冷めたマンハッタンみたいなのはどうしたの？　あんたの？」

あさみは指さされたものを見やった。

「頼んだんだけど、飲みたくなくなったの。なんだか気分がすぐれないの」

この言葉には理緒子もカチンと来たらしい。

「会おう会おう、って無理やりあたしを呼んでおいて、30分も待たせたあげくに、会ったとたん気分がすぐれないって、どーゆーことよ」

「怒らないで。風邪だと思うんだけど、何も口にしたくないの」

「あたしは食べるわ。飲んだだけだから、おなかすいてるもん。じゃ、話をしなさいよ。聞いててあげるから。あんたは黙ってるのよ、ぼんすけ」

ぼんすけと呼ばれた若者は、ボーイが並べていった料理を指でつまみ、ふまじめに口に運び始めた。

「でも、あの」

初めて会う男性の前で胸のうちを割って話せ、というのは酷な要求だ。しかし、今日はこれで帰る、などと言おうものなら理緒子は大立腹だろうし、こんな理緒子しか父に見てもらえないことも残念で、どうしたらいいのか、あさみは途方に暮れてしまった。

「何、まごついてんのよ」

理緒子はイラッとこちらを見て、コーヒーをすすった。

せめて若者が気をきかせて、ここらで帰ってくれるといいのだが。しかしテーブルには彼の料理がいっぱいに広がり、初対面の女性の前でおどけてほおばって見せている。まるでこの場は自分が盛り上げなければ男が立たない、とでも思っているみたいな張り切りようだ。

愛想の良過ぎる男は、必ず不機嫌な内づらを持っている、と言われる。こういうにぎやかな男が不機嫌になったときの怖さ、そのいやな味を、あさみも会社勤めやサークル経験から知っている。普段むっつりしている男が不機嫌になるよりも、意味がずっと深く思われ、何か対応を迫られるような気にさせられるものだ。

つまるところ、どうも人は演じている姿を笑ってもらいたがる生き物らしい。本来の裸の自分に返ったときには、笑われるのをいやがる。ピエロになるのが好きな人間も、ピエロになっているときに笑われたがり、ピエロの服を脱いで顔料を洗い落としたあとは、笑われるのを好まない。きっと、生き方自体をあざ笑われているように思うからなのだろう。

あさみにはこの若者が信用できなかった。演じた自分しか見せていない、と感じる。同じ愛想がいいにしても、山川のほうがどれだけ真面目で、真心があるかしれない。

……山川。しかし彼は、目の前の理緒子に比べてなんと平凡で、人の興味や関心を引く力に乏しいのだろう。彼が次に何と言うか、などとは一度も期待して待ったことがない。彼の考えていることは手に取るようにわかり、話す言葉は、口に出さない先から予想がつき、そして彼の生涯は線を引いたように見通せた。

「あたしに話があって、会いたい、と言ったんじゃなかったの?」

理緒子はこちらの困惑している気持ちを察しようとしなかった。この若者が横にいることに慣れていて、口さえ開かなければ気にもならない空気みたいなものだ、とでも思っているのだ。少なくともそんなそぶりをしている。……本当だろうか。

否。20分遅れたあさみをわざと懲らしめるために、一旦この店から出ていき、明らかにあさみが困っているとわかっているのに、無慈悲にいらだっている――その残酷な心の内はあさみのよく知るところだ。自分の思いどおりにならないと残忍になる。それもこれも、あのパーティーの帰りからずっと続いているあさみの拒絶が原因なのかもしれなかった……。

理緒子のもっと別の面を父に見てもらいたかった、と思う。あさみを困らせるという意地悪を、理緒子は自分でも少し楽しんでおり、そういう理緒子の心の動きなら毎度のことだとあさみにはわかっているのだが、父にわかるはずがなかった。

理緒子の気持ちをやわらげる話をしようと思って、あさみは顔を上げた。と、首を振り向けてこちらを見ている父と目が合った。２秒間ぐらい視線を合わせたあと、父はさりげなく逸らして向き直った。友達に問い詰められて返事ができないでいる娘の姿を、ずっと見守っていたのだろうか。このぎこちない雰囲気を、静かに感じ取っていたのかもしれない。

「あたしは、ただ理緒子の顔が見たかったの。それだけ」

なぜだか力が抜けたようになって、答えた。「あたしのつまらない頼みを聞いてくれて、ありがとう。だから……もういいの」

「ちょっと待ってよ」

理緒子が怒った。それはわかったが、あさみは黙ってバッグから財布を取り出し、ココアの分を清算した。若者がその硬貨を押し返してよこした。

「このぐらい、僕がもちますよ」

あさみは黙って硬貨を押し戻し、オーバーコートを持って立ち上がった。理緒子がこちらを睨みつけてきた。

「待ちなさい」

でんと背もたれに寄りかかっている若者のずうたいを越えて、厳しい声を出した。だが指一本動かしはしない。こうした言葉にあさみが抗えないことを、理緒子はよく知っていた。だから、もしお調子者がこのとき何も言い出さなければ、あさみはもう一度座っていただろう。

「二人とも、なんでそんなに気を荒立てるんですぅ？　さあ、あさみさん、そう短気にならないでぇ、機嫌直して楽しいこと話しましょうよ。もちょっと大人になってみませんか。しかし僕にはわかんないんだよなぁ。教えてくださいよ。これって、つまり〝じゃれ合い〟ですか？」

あさみはサッと身をひるがえした。

「あとで電話しなさい！」

理緒子の叫ぶ声が後ろに聞こえた。父が立ち上がるのを横目で見て、あさみは駆け出すように店を出た。

駅の方角へしばらく歩いていると、父が追いついてくれた。オーバーコートのボタンをとめずに前をはだけ、ポケットに両手を突っ込んだままかたくなにうつむくあさみを、父が横から覗き込んだ。そして、安心したようにニッコリして言った。

「泣いてるわけじゃないんだね」

そんなあたたかい言葉も、落ち込むあさみの気持ちを動かすことはできなかった。黙りこくって階段をのぼり、地下街を出た。冷たい風が体を吹き抜ける。肩を縮め、ポケットに入れたままの両手でオーバーコートの前を合わせると、父が大きな腕で抱き寄せるようにしてくれた。

「まさか、お父さんが割って入らなかったのを恨んでいるんじゃあるまいね？」

あさみは即座に首を横に振った。

「そうだろうね……それで、と。そう、おまえはお父さんに選択を任せると言ったね。でだね、すっかり任せられるのは困るが、ひと言忠告ぐらいはしたいんだよ。いいのかい？」

あさみは、父の脇に寄せた首を縦に動かしてうなずいた。駅の構内に入って父は腕を離し、肩にかけたゴルフ道具を担ぎ直した。

日曜の夜の駅は、大荷物をぶら下げたうえに、疲れて眠ってしまった子供をおんぶしたり抱っこしたりの家族連れが目立つ。父に腕を離されただけで、もう泣き出したくなっているあさみは、自分もあんな小さな子供に戻れたらどんなにいいだろう、と思った。決断を迫られることもなく、一度決めた場所に力強く立っているよう強いられることもない。疲れてぐったりしたら、いつでも大きな父親の背中がある。なぜ大人になってしまったのだろう。まだ分別がしっかり身につかないうちに、なぜ年月ばかりがたってしまったのだろう。なぜほかの人達は、ああして年とともに賢くなり、行く道の四つ角ごとに一つを選んで、さして不安もなしに次の四つ角へと突き進んでいくことができるのだろう。きっと、自分みたいにとりとめのない夢ばかり見て過ごしてこなかったのだ。現実を見つめて世渡りの修業をし、人間関係に学んで自分をみがき、思考や信念を確立していったのだ——。

人波をよけながら、あさみは父のひと言を待っていた。それはきっと決定的なひと言になるだろう。それに従う覚悟を呼び戻し、かき集め、もうほとんど目をつぶって足を運んだ。何もかもが取り返しもつかなく台無しになってしまったのを感じていたが、そう感じることが何を意味するのか、考える余裕すらなかった。

「理緒子という人はずいぶんとわがままな人間だと、お父さんは思うんだが、おまえはそう思わないのかい？」

あさみは小さな声で、思う、と答えた。

「きょう初めてそれがわかった？」

「ううん、昔からああなの」

父はひと呼吸入れて、目の周りにうっすらと奇妙なほほ笑みを浮かべたが、思い詰めたようにうつむいているあさみには、それが見えなかった。

「山川くんがうちに来たときには、あさみがこの人間のどこを買っているのか、お父さんにはすぐわかったよ。それからまた先日の夜、ええと、名前は何だったか、そう、越前くんに紹介されたときにも、この男のどこに魅かれているのか、ピンと来たね。だが、あの理緒子くんの場合にはだね、おまえが彼女のどこに良さを感じているのか、彼女と一緒に暮らそうかどうしようかと迷うほどに、いったいどんな魅力を彼女のうちに見ているのか、お父さんにはさっぱりわからなかったよ。自分勝手で、意地の悪い、不遜な女性としか、お父さんの目には映らなかった」

そのとおりだ。それこそが理緒子の性格だ。人が知り、人が言う、理緒子そのものだ。あさみは慣れていて、それほど苦にならないものの、理緒子をののしる人達が必ず声を大にして指摘する彼女の欠点なのだ。それは、寛容な父が見ても我慢ならないほど致命的な重大欠陥に違いない。他人のことをこんなふうにあからさまに悪く言ったためしのない父だったから。

「ええ」

と、あさみは気の抜けた元気のない相づちを打った。父は先ほどのほほ笑みをまた浮かべた。今度はあさみも目の端にそれを感じた。まるで意気消沈している娘の様子を楽しんでいるような、他人《ひと》の心を傷つける笑みだと思った。

「お父さんは学校を出て以来、勉強らしい勉強なんぞしたことがないんだがね、知ってるだろう、中国のだね、偉人と呼ばれる人達の話が大好きなんだ。それはもう、若いおまえよりずっとたくさん知っているよ。その中にね、こんなのがあるんだ」

ホームのベンチに並んで座って電車を待った。風が冷たかった。寄り添うように父の肩に耳をつけた。

「孔子だったか、孟子だったか、それとも別の誰だったか、そこのところは忘れたがね、とにかく或る偉いお人が、友達――これが無二の親友なのさ。それとも、信頼する愛弟子だったか……ま、どっちでもいい、その友達を訪ねて小さな村へ出かけていったんだ。友達は喜び迎えてね、豚をつぶすやら、とっておきの酒を出すやらしてもまだ足りない、というもてなしようでさ。あれやこれや考えるうちに、自分の崇拝してやまない人物をここへ呼ぶことを思いついた。孔子も――孟子だったかな、こう言って期待された。

『おまえがご馳走の一つとして私に会わせたいというほど、そんなにすばらしい人物ならば、私もぜひ会ってみたい。これは楽しみだ』

そこで早速使いが出されて、ほどなく、呼ばれた人物がやってきたのさ。ところがだ。呼ばれてやってきた男というのが、またとなく汚い服を着て、腹の虫の居所が悪かったのか、不機嫌なんてもんじゃない、傍若無人に振る舞うわ、悪口雑言《あっこうぞうごん》を吐くわで、彼を呼んだ友達も、これは失敗したか、とハラハラするほどのていたらくだったんだ。

『まことに、あれほどすばらしい人物に、私はいまだかつて出会ったことがない』

呼ばれた男が帰ったあとで、偉いお人はそう感想を述べられた。恥ずかしさと悔恨に意気消沈していた友は、怪訝そうに目を上げた。しかし、偉いお人の表情には、皮肉とかからかいとか、そんなものはいっさい感じられない、心からの表明だとわかる熱がこもっていたんだよ。友は目を輝かせて、しかし不思議そうな顔で、聞き返した。

『わかりますか？』

すると、偉いお人はこう答えられた。

『いや、私にはわからない。理解するまでの時間がなかったのだから。しかし、あれだけの短所を持ちながら、それでもなおおまえが、私に会わせたいと思うほどすばらしい人物だと称賛するのだから、その内側に秘められたものは、どんなにかすばらしかろう、と察せられるのだよ』

これを聞くや、友は有頂天になって叫んだ。

『そのとおりなんです！』」

電車がホームに到着し、客を乗せ、発車した。

あさみは父親の腕にしっかりと自分の腕を回してしがみついていた。唇を紫色にしていたが、震えてはいなかった。熱いものが体の奥のほうで燃え上がっていた。その火の手はまもなく全身に広がるに違いない。おぼろげにそう予感できた。

「すぐれた人間性は、ときに大きな性癖のかげに隠れて見えない。言い換えれば、その人のいいところさえ確かにつかんでいるのだったら、悪いところなどはいくらでも耐え忍べるものだ、という教訓なんだね、この話は。

だからさ、ひとつここで引き算をしてみようじゃないか。山川くんの足らないところにどれくらい我慢ができて、いいところをどれくらい見つけられるか、ちょっとそこを考えてみるんだよ。越前くんのいいところは、山川くんのより多そうだね。山川くんがいいところを10点――つまりあさみが感じている魅力を10点持っているとしたら、越前くんはその倍くらいあるんじゃないのかい？　おまえが参っているところを見ると、3倍の30点あげてもいいかもしれないな。ところで、山川くんの悪いところ――彼の中に物足りないと感じるところが、たとえば5点あったとしたら、越前くんの中には、おまえを不安にさせるものが、優に5倍くらいあるらしいね。だから差し引き残りは、まあ、二人とも同じようなもんだ。違うかい？　いやいや、お父さんは知らないよ。おまえの顔から推しはかっているだけだよ。おまえの顔といったら、とてもきれいに心の表情をかもし出すからねぇ。お父さんが大好きなところさ。ところで、さっきの理緒子くんだが、マイナスは確かに80点――90点、いや100点もあるね。女だってことを勘定に入れると、マイナス200点になるかもしれないよ。だけど、プラスは？　……そら、おまえがあげるんだよ、彼女のいいほうの点数を。どうした？」

あさみは涙が流れて止まらなかった。父は外見――我知らずとっさに表に噴き出してしまう感情や、言動の悪癖を脇にのけて、女であることさえ抜きにして、大きな目で理緒子を見ようとしてくれている。あさみの顔に確かに書いてある、差し引いても余りある理緒子の魅力を、理解しようとしてくれている。あんな中国の偉人の話など、聞いたことがない。父が即興で作ったものに違いないのだ。

あさみは泣き濡れながら父のひざの上にうずくまった。父はそんな娘の背中を優しくたたいた。二人の目の前で二台目の電車が走り出していく。ホームがまた静かになった。

それにしても、父親が一人娘を送り出すのに、なんという常道を外れた人生をさし示したものだろう。女二人。理緒子と二人……。涙と苦労なしに、その突飛な人生があるはずがない。

怒り狂う母の顔が目に浮かぶ。――何ですって、女⁉　それも、よりによってあの自堕落な！　なんてことを考えるの！　どうしてそんなことができるの！　そんなことすれば、あなたは私達の祝福をみんなドブに捨てることになるのよ！　世の中のことをなんにも知らないくせに、あなたって人は、まったく――

襲い掛かる怒涛の悲鳴を予想しながら、自分でも信じられないことに、あさみの胸の中はこんな心の声で満ちていた。

〈だというのに――いま私の中に確かにある、このとてつもない力って、何？　理緒子とともに生きるこの強い力。これはいったいどこから来るの？　なぜ私はそれをこんなにも感じるんだろう。理緒子と二人で生きていく世界って、なんて明るく、楽し気に見えること！　いま私の胸の奥深くから湧き上がってくるこの……大きな幸せ感。でもこれはいったいどうして？　だって、これって……いったいどうしてなの？〉

しかし、今はこう思おう。性よりも魂を選んだのだ、と。幸せの形よりも、形のない幸せを選んだのだ、と……。

あさみは泣き止《や》み、涙目をうっすら開いて内なる言葉を続けた。

〈『世の中のことを何も知らない』――母にそう言われる。本当に私はなんにも知らないのかもしれない。だけど――人生において一番大切なことを知っている気がする〉

〈著者紹介〉
言田みさこ（いいだ みさこ）
1949年生まれ。神奈川県出身。カトリック系女子大中退。事務員、タイピスト、一級速記士、派遣社員、ワープロ教師などの傍ら、アマチュアダンスインストラクター歴40年。10歳で小説家を志し70代で集大成。著書に、自分を赤裸々にぶっちゃけたエッセー風自分史『そよ風と風船』（文芸社）、60年間同じ夢を実際に見続けそのストーリーを追った長編小説『白夢（はくむ）の子』（東京図書出版）、著者の思い出を切り取った短編集『昭和のかたちの愛』（パレードブックス）がある。

29歳《さい》、右折《うせつ》の週《しゅう》
迷《まよ》える四《よ》つ角《かどて》照らす昭和《しょうわ》のスティックライト

2024年2月27日　第1刷発行

著　者　　言田みさこ
発行人　　久保田貴幸

発行元　　株式会社 幻冬舎メディアコンサルティング
〒151-0051　東京都渋谷区千駄ヶ谷4-9-7
電話　03-5411-6440（編集）

発売元　　株式会社 幻冬舎
〒151-0051　東京都渋谷区千駄ヶ谷4-9-7
電話　03-5411-6222（営業）

印刷・製本　中央精版印刷株式会社
装　丁　　田口美希

検印廃止

Printed in Japan
ISBN 978-4-344-94668-2 C0093
幻冬舎メディアコンサルティングＨＰ
https://www.gentosha-mc.com/